Knaur

Von Martina Bick sind außerdem erschienen:

Unscharfe Männer (Band 60722 und Band 65027)
Die Tote am Kanal (Band 67077)
Tödliche Prozession (Band 67106)
Mordsee (Band 67110)
Tödliche Ostern/Mörderischer Advent (Band 67093)
Mörderischer Advent/Die Tote am Kanal (Band 60770)

Über die Autorin:

Martina Bick wurde 1956 in Bremen geboren und lebt heute in Hamburg. Sie hat Philosophie, Musikwissenschaft und Germanistik studiert und in verschiedenen Berufen gearbeitet. Dies ist ihr sechster Roman aus der Marie-Maas-Serie.

Martina Bick

Puppen lügen nicht

Roman

Knaur

Originalausgabe Dezember 1998

Redaktion: Gabriele Schatz
Umschlaggestaltung: Agentur Zero, München
Umschlagabbildung: ZEFA, Düsseldorf
Satz: Ventura Publisher im Verlag
Druck und Bindung: Clausen & Bosse, Leck
Printed in Germany
ISBN 3-426-65147-5

2 4 5 3 1

1

Es war kurz nach sechs Uhr und stockfinster. Ein feiner, eiskalter Regen fiel leise und beständig auf das im Lampenlicht glänzende Pflaster. Vor den Scheinwerfern der Autos glitzerten die Tropfen wie kleine Diamanten. Die Ampel vor dem Dammtor sprang auf Grün, und Wilfried Tenzer hastete vor den Lichtkegeln der auf sechs Spuren wartenden Autos über die Straße.

Du bist frei, du bist frei, du bist frei, hatte es die ganze Zugfahrt über in seinem Schädel gehämmert. Sie haben dich tatsächlich noch einmal rausgelassen, vorzeitig, hatte er sich alle paar Minuten wiederholt. Faß an, dieser Zug ist echt. Kein Traum. Der Regen, der ihm am Morgen in Butzbach ins Gesicht peitschte, als er auf das Taxi wartete, er war echt! Er kam nicht aus einer Wasserleitung in seiner Zelle. Er fiel vom Himmel, wie seine vorzeitige Entlassung. Himmel – wie oft hatte er in den Himmel gestarrt in diesen zwei Jahren. Zwei Sommer lang hatte er beim Hofgang auf dem Schotterrand gehockt, während die anderen ihre Runden drehten, und in den Himmel gestarrt. Ob er eisgrau war oder wolkenverhangen, azurblau oder voller weißer Zirruswolken. Er hatte die Spuren der Flugzeuge verfolgt und später, in seiner Zelle, Stunden damit zugebracht, die möglichen Flugrouten nachzuvollziehen. Er hatte sich einen Kompaß besorgt. Die Dinger wurden unterderhand gehandelt für Idioten, die ausbrechen wollten und damit irgendwelche Berechnungen anstellten. Idioten, weil sie es meistens nicht schafften, aber Sprüche klopften, jahrelang, jahrzehntelang immer die gleichen Sprüche. Das ist Knast: Alles bleibt stehen. Sogar die Sprüche bleiben die gleichen. Bis man drauf kotzen kann, auf alles um einen herum. Auf alle. Auch auf sich selbst.

Wilfried Tenzer versuchte, sich an der Bushaltestelle einen trockenen Platz unter dem Glasdach zu sichern. Viel zu viele warteten auf den nächsten Bus. Er traute sich noch nicht so nah an die Menschen heran. Ihre Kleider rochen nach Regen, und die Frauen umgab ein Hauch von Parfüm oder Creme. Frauen, mein Gott, wie gut die rochen!

Er mußte sich bremsen. Er wollte nicht alles auf einmal aufnehmen. Er wollte sich Zeit lassen, Zeit nehmen. Seine Zeit gehörte jetzt wieder ihm allein. Niemand teilte sie ihm zu, er war frei, frei, frei.

Als er sah, wie die Ampel auf Grün sprang, die die Verkehrsinsel mit der Bushaltestelle in dem breiten Strom der Autos mit der anderen Straßenseite verband, lief er los in Richtung Rothenbaumchaussee. Es war ja nicht weit, er konnte ebensogut laufen. Das bißchen Regen machte ihm nichts aus, im Gegenteil. Noch gestern abend hätte er seine linke Hand dafür gegeben, frei im Regen herumlaufen zu können. Naß zu werden, zu frieren, vom Laufen erschöpft zu sein, seine untrainierten, schlaffen Muskeln zu spüren. Er hätte einfach alles getan, um rauszukommen. Denn man wußte doch nie, ob sie es ernst meinten mit ihrem Bewährungsbeschluß. Ehe man nicht wirklich draußen vor dem Tor stand, war alles möglich. Vor ein paar Monaten erst war seinem Zellennachbarn so etwas passiert, das Horrorszenario war Wirklichkeit geworden. Der Kumpel hatte seine Strafe abgesessen, viereinhalb Jahre an einem Stück. Er hatte auf vorzeitige Entlassung verzichtet, er wollte draußen machen können, was er wollte, und nicht irgendeinen Bewährungshelfer an den Fersen haben. Am Abend hatte er seine Sachen gepackt, Kaffee- und Tabakreste verschenkt, das Zeitungsabo gekündigt, seine Bücher verteilt, die Klamotten in der Kammer abgegeben. Eine Frau, die er per Anzeige während der Haft kennengelernt hatte, wartete gespannt auf ihn vor dem Tor – da kam um halb sieben Uhr morgens der Stationsleiter und verkündete ihm einen alten Bewährungswiderruf. Sechs Monate Zuschlag. Alles wieder auspacken. Alles wieder einsammeln. Die Frau nach Hause schicken. Gerade zehn Minuten Sonderbesuch hatte man ihnen gewährt, aber nur, weil das Mädchen so weinte vor Schreck und Enttäuschung. Der Kumpel war ohnmächtig vor Wut gewesen. Um ein Haar hätte er seine ganze Zelle auseinandergenommen. Durch solche Überraschungen sicherte sich die Justiz die Macht über die Seelen der ihr Ausgelieferten. Bis man schließlich dankbar war, wenn sie einen rausließen, bis man sich darüber freute wie ein kleines Kind. Dabei hatte man doch ein Recht darauf! Irgendwann mußten sie einen ja wieder rauslassen.

Tenzer war ein vorsichtiger Mensch. Darum hatte er Leila gestern abend nicht informiert. Er hatte sie auch heute morgen nicht angerufen, als er draußen vor dem Tor stand, auch nicht vom Bahnhof aus. Sie rechnete damit, daß er in den nächsten Tagen rauskam, höchstwahrscheinlich vorzeitig entlassen wurde, aber sie wußte nicht, wann. Ganz bestimmt rechnete sie heute noch nicht mit ihm.

Tenzer ging nicht, er flog. Er nahm eine Abkürzung, die diagonal die Straßenecke schnitt, seine alte Abkürzung, die er früher auch immer benutzt hatte. Der Weg war schmal und sandig, und meist standen dort große Pfützen, aber man sparte mindestens eine halbe Minute Zeit. Zeit, um zu Leila zu kommen. Ein Haus auf der gegenüberliegenden Straßenseite wurde von unten angestrahlt. Ein hohes, herrschaftliches Gebäude mit einem Fachwerkgiebel aus den Gründerjahren. Alles in Hamburg war doppelt so hoch und so breit wie in Butzbach. Das hatte er ganz vergessen. Es machte ihm das Herz weit. Hamburg, die neue Heimat seiner Wahl.

Leila war immer bis halb sieben im Geschäft, oft länger. Wenn sie dekorieren mußte, wenn neue Ware gekommen war. Er hatte an Werktagen immer erst im Geschäft angerufen, wenn er vor sieben Uhr ans Telefon kam. Meistens aber war die Schlange vor den zwei Münzapparaten, die für sechshundert Häftlinge bereitstanden, viel zu lang gewesen, um so früh dranzukommen. Nach sieben Uhr probierte er, sie zu Hause in der Rutschbahn zu erreichen.

Was würde sie für ein Gesicht machen, wenn sie ihn gleich vor sich sah? Würde sie erschrecken? Hoffentlich nicht zu sehr! Sie war etwas schreckhaft. Darum war es besser, sie vorher nicht so genau zu informieren. Hinterher konnte man ihr alles erzählen, sie hielt garantiert dicht. Sie konnte jeden Bullen an der Nase herumführen. Als hätte sie ihr Leben lang nichts anderes getan und wäre nie mit diesem Kotzbrocken von Richter verheiratet gewesen. Aber Irrtümer unterlaufen eben jedem mal im Leben.

Die nächste Abkürzung führte quer über den Uni-Campus. Rechts erhob sich dunkel und klotzig die Universitätsbibliothek. Ein riesiger Büchersilo ohne Fenster, ohne Licht. Dahinter lagen die Hochschule für Wirtschaft und Politik, die Räume des ASTA, irgendwelche Universitätsinstitute. Links die Mensa, dahinter der Philosophenturm. Ein paar Leute liefen über den Campus, hasteten unter dem Regen durch. Tenzer schien der einzige zu sein, dem das bißchen Wasser nichts ausmachte.

Dann tauchten die bunten Leuchtreklamen vom Grindelhof auf, Autolärm schallte über den Parkplatz vor dem Abaton-Kino, Hupen, lebhafter Verkehr. Tenzer ging jetzt schneller, wechselte seinen Koffer in die linke Hand, der rechte Arm schmerzte ihn bis in die Schulter. Er hatte so wenig Sachen wie möglich mitgenommen, er wollte den ganzen Mist, der sich in der Haft angesammelt hatte, in Freiheit nicht mit sich herumschleppen. Nur Pyjama, Waschzeug und ein Hemd zum Wechseln. Morgen konnte er sich neu einkleiden. Wozu brauchte er eigentlich einen Pyjama? Er war doch bei Leila. Endlich wieder eine Frau! Nach zwei Jahren Enthaltsamkeit.

Der Autostrom rauschte lückenlos an ihm vorüber. Hart

am Kantstein raste ein Taxi an ihm vorbei. Tenzer wich erschrocken zurück und suchte ungeduldig mit den Augen die Schaufenster auf der gegenüberliegenden Seite ab. Welches war Leilas Geschäft? Das erste neben dem Bäcker? Das war ein Zeitungsladen. War der früher auch schon dagewesen? Er erinnerte sich nicht. Leila hatte ihre Boutique aufgemacht, nachdem er verhaftet worden war, aber sie hatte ihm hundertmal beschrieben, wo sie lag. Es war, als hätte er die Räume schon selbst gesehen, er glaubte auch, sich noch an den Töpferwarenladen, der damals dort gewesen war, zu erinnern. Aber als er hier jetzt stand, um ihn herum das Glitzern von Lichtern und Regen, überanstrengt vom ersten, aufregenden Tag in Freiheit, bedroht und bedrängt von diesen rasenden, viel zu schnell fahrenden Autos, da wußte er überhaupt nicht mehr, in welcher Richtung er suchen sollte. Er trat von einem Bein aufs andere und lief schließlich hinter einem anderen Passanten her, der waghalsig die Straße überquerte. Ein Laster bremste, und schmutziges Wasser spritzte an Tenzers Hosenbeine. Er riß seinen Koffer hoch und hielt ihn schützend vor die Brust. Er wurde angerempelt, achtlos strömten die Leute rechts und links an ihm vorbei. Der Bürgersteig war schmal, Last-minute-Käufer versuchten, noch rasch vor Ladenschluß ihre Einkäufe zu erledigen. Niemand kümmerte sich um einen wie ihn, einen Freigelassenen, einen Menschen, der ganz taumelig und taub war vor Glück.

Und dann stand er plötzlich vor der Boutique. Er preßte die Hände an die Scheibe. Die beiden Schaufenster waren matt erleuchtet. Er sah feine Pullover, elegant an die

Wand drapiert, mit Nadeln in Form gezogen. Schmale, lange Röcke, die an Nylonfäden von der Decke hingen. Auf dem Boden lag wie hingegossen ein schwarzes, schmuckloses Kleid. Der Hintergrund der Boutique war dunkel.

Plötzlich fiel Licht in den Ladenraum. Ein schwacher Schein, der aus dem Hinterzimmer kommen mußte. Tenzer trat an die Eingangstür, die sich einen Meter vom Bürgersteig entfernt in einer Nische zwischen den beiden Schaufenstern befand. Die Tür war von der Decke bis zum Boden aus Glas, ohne Rahmen, wie eine Schaufensterscheibe. Sie war schon abgeschlossen. Tenzer legte die Hände auf das kalte Glas, in dem sich die Lichter der Straße spiegelten.

Plötzlich tauchte in dem Lichtkegel im Ladenraum eine Hand auf, die ziellos durch die Luft fuhr. Es war Leilas Hand, ihr schmaler, weißer Arm. Ganz sicher war es ihr Arm. Tenzer begann zu klopfen. Die Glastür war oben und unten fest verriegelt, und ihr Panzerglas schloß den Laden hermetisch von der Straße ab. Tenzer selbst hatte ihr zu dieser Tür geraten und die Prospekte geprüft, die sie ihm in den Knast geschickt hatte. Er kannte jedes Detail in ihrem Geschäft, alles hatte Leila mit ihm durchgesprochen.

Leila tauchte auf, aber sie war nicht allein. Jemand hing an ihr, eine Gestalt ganz in Schwarz. Sie hatte ihr die Hände auf die Schultern gelegt, nein, um den Hals, sie hielt ihren Hals umklammert, sie würgte sie! Leila schien durch den Raum zu segeln, sie ruderte mit den Armen, bis die Gestalt sie zurückriß, wieder ins Hinterzimmer

zu ziehen versuchte und Leilas Arme plötzlich schlaff wurden.
Tenzer rüttelte an der Glastür. Er polterte, klopfte, die Glaswand bebte, aber sie hielt stand. Kein Mensch auf der Straße kümmerte sich um ihn. Wie konnte man noch in den Laden gelangen? Gab es einen Hintereingang? Einen Hof? Die Häuserfront schien ohne die kleinste Lücke zu sein, nirgends ein Durchgang, nicht rechts, nicht links vom Haus. Tenzer trat wieder an die Tür, dahinter regte sich nichts. Der matte Lichtschein war erloschen.
Er rannte bis zur nächsten Straßenmündung, das war die Bornstraße. Auch hier keine Lücke, alles Stein. Dann ein Baugerüst. Tenzer kletterte über den Zaun, versank in schlammigem Grund. Baumaschinen versperrten ihm den Weg. Lief da nicht jemand im Dunkeln? Bewegte sich etwas?
Der Straßenlärm wurde leiser, aber Tenzer hörte keinen Schritt, alles um ihn herum war in trübes, gelbes Licht getaucht. Er spürte, wie seine Schuhe im Matsch versanken. Nur wenige Fenster der Häuser vom Grindelhof waren erleuchtet.
Tenzer hastete über die Baustelle. Am Ende wurde sie von einer drei Meter hohen Bretterwand abgesperrt. Er riß sich Holzsplitter in die Hände, fand wie durch ein Wunder eine Tür, warf sich gegen sie. Sie war offen. Sie führte auf einen engen Hof, der nach links abknickte. Dort stolperte er über Mülltonnen und Fahrräder. Weiter ging es in den nächsten Hof, eine breite Passage führte in eine Tiefgarage. Gegenüber stand eine Tür offen.
Tenzer betrat einen gekachelten Flur. Seine Schuhe hin-

terließen eine dicke Schlammspur mit dem Relief seiner Schuhsohlen. Es war ihm gleichgültig. Er stieß eine Tür auf, die nur angelehnt war. Vom Hof fiel gelbes Licht ins Zimmer. Im Halbdunkel sah er ein Gesicht leuchten, es war Leilas Gesicht. Sie lag über einem Stuhl wie eine dunkle Kleiderpuppe. Ihre weißen Arme hingen bis auf den Boden herab. Ihre halblangen, blonden Haare fielen strähnig über das Gesicht. Ihre Augen waren offen. Sie war tot.

Tenzer hob die Hände. Er wollte sie berühren, aber seine Hände waren voll Lehm und Dreck. Blut tropfte von seinem Daumen. Dann sprang die Lichtanlage im Hausflur mit einem lauten Knall an und beleuchtete vom Flur her das Hinterzimmer. Von oben polterten Schritte über die Treppe, Stimmen kamen näher.

Fluchtartig verließ Tenzer das Haus.

2

»Jetzt ist Frau Hinz in der Leitung, guten Morgen, Frau Hinz. Was können wir für Sie tun?«

»Guten Morgen, Frau Meier-Lehnhoff, ich höre immer Ihre Sendung, und ich muß Ihnen einmal sagen, daß die mir ganz besonders gut gefällt. Das wollte ich Ihnen nur mal sagen und mich bedanken, bei Ihnen und auch bei Ihrem Team.«

»Danke, Frau Hinz, das hören wir natürlich gern. Haben wir Ihnen denn schon irgendwann helfen können?«

»Ja, das war letztes Jahr im Herbst, da suchte ich eine bestimmte Schallplatte, also, die habe ich wirklich überall gesucht, in allen An- und Verkaufsgeschäften ...«

»Und wir haben sie gefunden, freut mich, Frau Hinz. Dann ...«

»... es handelte sich dabei um die Filmmusik zu dem Film ›Mein Herz ruft immer nur nach dir‹ von neunzehnhundertvierunddreißig. Die Mutter meiner Freundin hat diesen Film so sehr geliebt, daß sie ihre Tochter, also meine Freundin, nach der Heldin des Films Marita getauft hat. Und nun wollten wir für die Beerdigung der Mutter der Freundin ...«

»Tomkin? Kannst du das nicht mal leiser stellen? Ich kann mein eigenes Wort nicht verstehen.«

Marie Maas wanderte mit dem Telefon über den Flur,

aber die Schnur erlaubte ihr nicht, mit dem Apparat im Schlafzimmer zu verschwinden. Sie war fast über die ganze Länge zu hartnäckigen Schleifen und Windungen aufgedreht und dadurch von ursprünglich sechs Metern Länge auf knappe zwei Meter geschrumpft.

»Mit wem telefonierst du eigentlich?« fragte Tomkin. »Doch nicht etwa mit dem Büro?«

»Mach doch bitte das Radio leiser, mein Goldstück«, flüsterte Marie Maas, die Hand auf der Sprechmuschel.

Tomkin verschwand in der Küche, drehte das Kofferradio leiser und beugte sich mit dem Ohr ganz dicht an den Apparat. Frau Hinz war inzwischen von Frau Meier-Lehnhoff aus der Leitung katapultiert worden, und es sprach Frau Buchholz, die ein Dirndl für ihren Sohn suchte, der leidenschaftlich gern Theater spielte und Regie studieren wollte. Größe zweiundvierzig aufwärts, mit großer Oberweite. Aus Langeweile schrieb Tomkin die Telefonnummer mit: 58 32 72. Am liebsten würde er mal anrufen, nur so, aus Langeweile.

»Wollten wir nicht einkaufen gehen, heute morgen?« fragte er, als Marie in der Küche erschien.

»Was willst du denn mit einem Dirndl?«

»Vielleicht habe ich eins anzubieten?«

»Tomkin, ich muß ...«

»Das ist die beste Sendung des NDR. Hör mal ... hier, der sucht ... Schutzblechfiguren.« Tomkin sprach das Wort aus wie eine hebräische Vokabel. »Was ist das denn?«

»Tomkin, es brennt. Ich muß noch mal weg. Kannst du das verkraften?«

Tomkin stellte das Radio lauter und begann den Frühstückstisch abzuräumen. Wie üblich war er Freitagabend aus London rübergekommen, in der Hoffnung auf ein ruhiges Wochenende voller Zweisamkeit, und wie immer wurde Marie abberufen. Immerhin hatte sie ihn diesmal pünktlich vom Flughafen abholen können und war von dort aus direkt zu ihrem Lieblingsgriechen am Eppendorfer Weg kutschiert. Die Nacht hatten sie ebenfalls ungestört zusammen verbringen dürfen: Tomkin hatte eine Flasche schottischen Whisky für sich und für Marie eine Flasche Portwein aus dem Duty-free-Shop mitgebracht. Sich abwechselnd gegenseitig die Gläser füllend, hatten sie bis in die Morgenstunden geredet. Als hätten sie nicht wie immer in den Wochen ihrer räumlichen Trennung täglich miteinander telefoniert. Aber ein leibhaftiges Gespräch war eben doch etwas anderes. Schließlich hatte Tomkin ihr noch den Anfang seines ersten Hörspiels vorgelesen, wobei Marie Maas sofort eingeschlafen war. Er nahm ihr das nicht übel. Schließlich war es drei Uhr morgens, Marie hatte einen langen Arbeitstag hinter sich gehabt und er einen anstrengenden kreativen Schub. Sogar das Frühstück hatten sie noch gemeinsam geschafft: frische Hamburger Rundstücke, noch warmer Schweinebraten mit Kruste, den Marie extra für ihn vom Schlachter an der Wrangelstraße holte, und für jeden einen halben geräucherten Bückling.

Man durfte nicht unbescheiden sein, wenn man mit einer Kriminalhauptkommissarin befreundet war.

»Ich ruf dich an«, sagte Marie Maas und drückte Tomkin

einen Kuß auf die unrasierte Wange. »Bis später.« Sie zeigte auf das Kofferradio, zog eine Grimasse und ließ die Haustür hinter sich ins Schloß fallen.

»Am Hörertelefon begrüßen wir jetzt Herrn Panther, der eine manuelle Schreibmaschine zu verschenken hat und gleichzeitig Videoaufzeichnungen der Serie ›Unsere kleine Farm‹ sucht.« Die Stimme von Frau Meier-Lehnhoff fesselte Tomkin aufs neue, und er sank mit Papier und Bleistift in der Hand auf einen Küchenstuhl.

»Wer hat die Leiche gefunden?« fragte Marie Maas. »Und wann?«

Kriminaloberkommissar Karsten Scholz blätterte in seinen Notizen. Er hatte Bereitschaftsdienst und war darum als erster benachrichtigt worden. Nachdem er den Tatort in Augenschein genommen hatte, hatte er seine Chefin angerufen.

Das Hinterzimmer der kleinen Kleiderboutique am Grindelhof sah bis auf die schmutzigen Fußabdrücke auf dem Dielenboden und ein paar dunkle Blutstropfen neben der Tür unversehrt aus. Bis auf den Leichnam der Frau natürlich, der abgelegt wie ein leeres Kleidungsstück über einem Stuhl hing. Die Tote trug ein ärmelloses, wadenlanges schwarzes Kleid. Neben der Nähmaschine rechts von ihr lag eine kurze passende Jacke, an der eine Nadel am langen Faden hing. Offenbar war sie gerade dabei gewesen, an der Jacke zu nähen, als ihr Mörder sie überraschte. Die Tür auf der Rückseite des Zimmers führte über einen kurzen Flur auf den Hof, das Tageslicht fiel grau und milchig durch das Fenster über dem

Schreibtisch. Der Hof endete an einer langen Bretterwand, die eine Baustelle verdeckte.

»Gudrun März, Studentin. Sie half Frau Rolf im Laden. Sie wartet auf uns im Café Neumann hier nebenan. Sie war gegen halb zehn Uhr hier. Um zehn sollte der Laden aufgemacht werden. Sie wunderte sich, daß Frau Rolf noch nicht da war und die Ladentür verschlossen, und ist dann hinten herumgegangen. Man kann von der Grindelallee aus durch die Tiefgarage in den Hinterhof gelangen. Die Hintertür zum Laden war nur angelehnt.«

»Ist der Dreck hier von ihr?« frage Marie Maas. »Aber nein, der sieht älter aus.«

»Der Mörder muß über die Baustelle gekommen sein. In der Tiefgarage ist es ganz sauber. Es gibt eine Tür im Bauzaun, die vom Hof auf die Baustelle führt.«

»War Dr. Salz schon hier?«

»Ja. Die Frau ist erwürgt worden. Der Kehlkopf ist eingedrückt. Todeszeitpunkt vermutlich gestern abend zwischen siebzehn und einundzwanzig Uhr. Genaueres nach der Obduktion.«

»Spurensicherung?«

»Ist unterwegs.«

»Und wer ist die Tote?«

»Frau März hat die Tote identifiziert. Es handelt sich um ihre Chefin, Frau Leila Rolf, vierunddreißig oder fünfunddreißig Jahre alt, Geschäftsinhaberin und Schneiderin. Soweit Frau März feststellen konnte, fehlt im Laden nichts.«

»Ein Verrückter«, murmelte Marie Maas.

Karsten Scholz zuckte die Achseln und ging zur Ladentür. Von innen im Schloß der Glastür steckte ein großer Schlüsselbund und klapperte, als er die Tür öffnete und die beiden Männer in den weißen Schutzanzügen der Spurensicherung eintreten ließ.

»Am besten gehen wir jetzt rüber in das Café und lassen die Kollegen in Ruhe arbeiten. Ich habe nämlich noch nicht gefrühstückt. Morgen, Herr Hillmann, Morgen, Herr Pump. Wir sind zwei Türen weiter; wenn Sie fertig sind, geben Sie uns Bescheid.«

Marie Maas ließ ihren Blick durch das Hinterzimmer schweifen. An einer Pinnwand über dem Schreibtisch, der sich unter aufgeschlagenen Aktenordnern, Prospekten und Buchhaltungsbelegen bog, hing ein kleines Foto, mit Stecknadeln an allen vier Ecken sorgfältig angepinnt. Es zeigte einen attraktiven Mann mittleren Alters mit feinen, etwas angespannten Gesichtszügen. Das volle Haar war sehr kurz geschnitten, nicht besonders modisch. Im Hintergrund sah man eine Wiese, einen Sportplatz, eine Mauer. Marie Maas nahm das Foto ab und steckte es in ihre Handtasche. So ähnlich sahen die Fotos aus, die die Häftlinge in Hamburg-Fuhlsbüttel für ihre Angehörigen machen ließen. Dies war nicht Fuhlsbüttel, das hätte sie erkannt. Aber es war ein Knastfoto, das war sicher.

Bei Café Neumann im Grindelhof standen zwei lange Schlangen. Sieben Personen warteten darauf, am Kaffee- und Frühstückstresen bedient zu werden, während die einzigen beiden Verkäuferinnen langsam und unbeholfen die noch längere Schlange am Brot- und Kuchentresen abfertigten. Marie Maas reihte sich am Kaffeetresen ein. Karsten Scholz bestellte für sich zwei belegte Brötchen und verschwand drei Stufen hoch im Gastraum. Als die Kommissarin endlich drankam, waren beide Schlangen verschwunden. Sie war die letzte Kundin, die sich im Laden befand.

»Die sind schrecklich langsam hier, heute jedenfalls«, sagte Gudrun März, als sie endlich mit ihrem Kaffee und Karstens belegten Brötchen in dem verräucherten Café erschien.

Gudrun März sah überhaupt nicht aus wie eine Studentin, stellte Marie Maas fest. Jedenfalls nicht so, wie die Studentinnen zu ihrer Zeit ausgesehen hatten. Sie war sorgfältig gekleidet. Sie trug einen kurzen, flauschigen Pulli in Apricot, der ihre schmalen Hüften betonte. Schwarze weite Hosen, schwarze Stiefeletten, Hände und Dekolleté ohne Schmuck. Ihr dunkelbraunes Haar hatte einen Stich ins Rötliche. Es sah natürlich aus, vielleicht war es aber auch nur besonders geschickt getönt.

»Frau Rolf hat auch immer über den Laden geschimpft«, fuhr sie fort. »Außer wenn Emina da ist. Die ist flink. Ansonsten wechselt die Belegschaft ständig, und die Neuen werden nie richtig eingearbeitet. So etwas könnten wir uns nicht leisten in unserem Geschäft«, konstatierte sie.

»Haben Sie auch so viel Kundschaft?« fragte die Kommissarin.

»Nein, natürlich nicht. Aber an manchen Tagen ist schon viel los. Besonders jetzt vor Weihnachten. Wir haben vor allem Stammkundschaft. Frau Rolf bietet immer an, kleine Änderungen kostenlos zu machen. Vielmehr, sie bot es an. Vor allem den älteren Kundinnen. Aber dann hat sie auch die halbe Nacht an der Nähmaschine gesessen und geflickt. Sie haßte das. Mein Gott, ich kann es noch gar nicht begreifen. Was wird denn jetzt aus dem Laden?«

»Das wird sich alles finden. Wann hat Frau Rolf normalerweise abends den Laden verlassen?«

»Eigentlich um halb sieben, sieben Uhr. Um sechs Uhr machte sie zu. Und dann, je nachdem ob sie noch dekorieren oder nähen mußte, blieb sie länger. Sie wohnte ja gleich um die Ecke.«

»Wissen Sie, wann sie gestern abend Schluß machen wollte?«

»Nein. Freitag war ich nicht im Geschäft. Ich habe nur samstags ausgeholfen und Mittwoch morgens. Damit sie Besorgungen machen konnte. Manchmal bat sie mich auch zu extra Terminen, wenn sie zum Beispiel zu einer Modenschau mußte oder verreisen wollte.«

»Verreiste sie häufig?«

»Nein. Vielleicht einmal im Monat. Ich arbeite ja erst seit Februar bei ihr. Vorher hat sie den Laden ganz allein geschmissen. Nur bei der Buchhaltung hat ihr ihre ehemalige Schwägerin geholfen.«

»Wohin reiste Frau Rolf, wenn sie wegfuhr?«

»Ich weiß es nicht. Ich glaube, sie hatte einen Freund, der irgendwo in Süddeutschland lebt. Sie besuchte ihn wohl am Wochenende und fuhr dann schon Freitag abend los.«

Marie Maas nahm das Foto aus der Tasche und legte es auf den Tisch.

»Ist das vielleicht der Freund von Frau Rolf?«

»Ich glaube schon«, sagte Gudrun März und wurde ein bißchen rot. Offenbar hatte sie sich das Foto auch schon angesehen, dies aber als Eindringen in die Intimsphäre ihrer Chefin betrachtet.

»Hat Frau Rolf nie von ihm erzählt?«

»Nein. Sie war sehr diskret, was Privatsachen anging.«

»Was für ein Mensch war sie? War sie eine gute Chefin?«

»O ja, sie war sehr nett. Sehr korrekt. Vielleicht ein bißchen spröde.« Gudrun März drehte ihren leeren Kaffeebecher in den Händen. »Und jetzt ist sie tot. Warum?«

»Das werden wir herausfinden. Was studieren Sie, Frau März?«

»Betriebswirtschaft. Ich bin erst im dritten Semester. Ich habe nach der Schule erst mal eine Banklehre gemacht. Sie denken vielleicht, ich bin gar nicht traurig über ihren Tod. Aber das stimmt nicht, ich kann es nur noch nicht fassen. Ich komme mir vor wie in einem Theaterstück. Es tut mir aber sehr, sehr leid. Ich habe sie gern gehabt. Sie war so unkompliziert.«

»Wie meinen Sie das?«

»Sie machte nicht gleich ein Problem aus allem. Und sie behielt immer die Ruhe. Egal, was passierte.«

»Was ist denn zum Beispiel passiert?«

»Nichts Besonderes, eigentlich. Aber wenn zum Beispiel Mahnungen kamen. Einmal kam auch ein Gerichtsvollzieher. Da hat sie nur einen Scheck ausgestellt und ihm Kaffee angeboten. Sie war Finnin, vielleicht sind die ja so.«

Karsten Scholz nickte.

»Kann schon sein.«
»Hatte sie oft Probleme mit ihren Rechnungen? Mit ihrem Geld?« fragte die Kommissarin.
»Ehrlich gesagt, ich glaube schon. Aber sie sprach eben nicht darüber. Machte einfach kein Problem daraus. Und irgendwie kam sie auch immer durch. Mir hat sie jedenfalls immer pünktlich meinen Lohn gezahlt.«
»Hatte sie manchmal große Geldbeträge im Laden?«
Gudrun März schüttelte den Kopf.
»Nein, nie. Die Tageseinnahmen lagen selten über tausend Mark. Wenn sie am Morgen einmal viel verkauft hatte, brachte sie das Geld in der Mittagspause weg.«
»Wohin?«
»Zur Bank, nehme ich an.«
»Die Kasse ist nicht aufgebrochen worden. Es sind knapp dreihundert Mark drin ...«, warf Karsten Scholz ein.
»Das ist das Wechselgeld. Das ließ sie jeden Abend in der Kasse«, sagte Gudrun März.
»... und in ihrem Portemonnaie in der Handtasche an der Garderobe sind etwa zweihundert Mark«, beendete Karsten Scholz seinen Bericht. »Genau habe ich noch nicht nachgezählt.«
»Könnte der Mörder etwas anderes als Geld gesucht haben?«
»Keine Ahnung«, sagte Gudrun März. »Wirklich, ich kann es mir nicht vorstellen. Vielleicht weiß Frau Rolf mehr, ihre Schwägerin. Oder ihr Exmann. Stimmt es übrigens, daß er Richter ist?«
Marie Maas stand auf.
»Das wissen wir noch nicht, Frau März. Wir sind ja zur Zeit

noch weniger informiert als Sie. Bitte rufen Sie uns an, wenn Ihnen noch etwas einfällt. Egal, zu welcher Tageszeit. Und gehen Sie jetzt bitte nach Hause. Das Geschäft wird vorerst geschlossen und versiegelt werden.«

Die junge Frau erhob sich und verabschiedete sich von ihnen. Marie Maas trat hinter Karsten Scholz aus dem Café.

»Wir werden den Laden beobachten. Für den Fall, daß der Mörder gestört wurde und noch einmal zurückkommt. Die offene Hintertür spricht dafür. Was meinst du, Karsten?«

»Unbedingt«, sagte Karsten Scholz. Er hatte das Wochenende sowieso schon abgeschrieben. Mit Bedauern hörte er, wie das Café hinter ihnen abgeschlossen wurde.

3

›Dear Matthias. Big trouble. Shipment not ok. Buyer refuses to accept consignment. Vessel confined to harbour. Attend y answer. Dietzen informed. Captn Stuhlmann.‹

Matthias Laurenz Jessen ließ das Telex sinken und starrte aus dem Fenster. Das Büro des Marinebrokers, bei dem er seit drei Monaten arbeitete, sich einarbeitete in die schwierige Materie der Schiffsversicherungen, lag im fünften Stock eines schmalen alten Bürohauses genau gegenüber der Hauptpost. Aus den halbrunden Gaubenfenstern sah man direkt auf das Dach des Postgebäudes, das von mehreren überlebensgroßen barocken Figuren geziert wurde. Kein Mensch außer ihm, bildete er sich ein, hatte diese Figuren je beachtet. Niemals sah jemand hoch zu den Dächern der Post und der Gerichtsgebäude am Stephansplatz, wenn er auf der großen Verkehrskreuzung an einer der Ampeln wartete oder an den Geschäften der Dammtorstraße entlangschlenderte. Vielleicht konnte man die Skulpturen auch noch vom Dammtorbahnhof aus sehen, aber die Bahnsteige waren überdacht, überwölbt von einer undurchsichtigen, blinden Glaskuppel. Oder von ›Planten un Blomen‹ aus, der riesigen Gartenanlage in der Mitte der Hansestadt, deren Eingang Jessen ebenfalls im Blick hatte von seinem

Schreibtisch aus. Im Sommer würde er dort seine Mittagspause verbringen können – sollte er dann noch hier sein.
Was um Himmels willen sollte das heißen, Shipment not ok? Er versuchte, Dietzen, den Surveyor vor Ort, in Rio anzurufen, aber er bekam keine Verbindung. Das Telex war von gestern, 21.05 MEZ. Der Chef hatte ihm zu Hause auf den Anrufbeantworter gesprochen, daß er sich dringend im Büro melden sollte, es sei eine Nachricht für ihn da. Aber er war mit Heike verabredet gewesen. Sie flog heute mit ihren Eltern über Weihnachten nach Teneriffa. Er hatte sie nicht versetzen wollen. Um halb zehn Uhr heute morgen hatte er sie und ihre Eltern zum Flughafen gebracht und war erst gegen Mittag im Büro gewesen. Jetzt war natürlich niemand mehr zu erreichen. In Rio mußte es etwa fünf Uhr morgens sein. Was sollte er nun machen?
Jessen setzte sich an den Fernschreiber und hackte eine nichtssagende Antwort in die Tasten, kontrollierte den Text auf dem Bildschirm und schickte das Telex ab. Gegen ein Uhr nahm er seinen Mantel und verließ das Büro. Er schlenderte durch den Dammtorbahnhof Richtung Rothenbaumchaussee und beschloß, auf den Schrecken einen Drink an der Bar im Elysée zu nehmen.

Tenzer hatte die ganze Nacht kein Auge zugemacht. Gegen Morgen war er eingedöst und hatte bis kurz vor elf ein paar Stunden geschlafen. Verschwitzt und verquollen wie nach einem Alptraum erwachte er.
Wenn er Leila doch wenigstens noch einmal hätte spre-

chen können. Wenn er sie doch angerufen hätte, als er draußen war. Vielleicht wäre sie jetzt noch am Leben. Vielleicht hätte sie ihn abgeholt vom Bahnhof und wäre ihrem Mörder entgangen. Oder sie hätte zu Hause auf ihn gewartet und wäre ihm nie begegnet. Warum war er überhaupt entlassen worden, wozu? Was sollte er ohne Leila? Er war ein Nichts, ein entlassener Sträfling, Mitte Vierzig, ohne Angehörige, geschieden, Vater zweier Kinder, die ihn nicht kannten, ohne Wohnung und wahrscheinlich bald wieder im Knast.

Und zu allem Elend kam er jetzt nicht mal an sein Geld heran.

»Reiß dich zusammen«, murmelte er und quälte sich aus dem Bett. »Verdammtes Selbstmitleid. Auch so eine typische Knastkrankheit.«

Er ging unter die Dusche, zog sein frisches Hemd an und machte sich auf die Suche nach einem Frühstück.

Der Bartresen im Hotel »Elysée« ragte halbrund in die Lounge wie ein Ententeich in einem Park aus Sesseln und kleinen Tischen, umspielt von seichter Klaviermusik.

»Einen Kognak bitte«, sagte Tenzer und rutschte auf einen lederbezogenen Barhocker. »Und Kaffee, wenn Sie haben.«

Die Bardame lächelte ihn freundlich an.

»Wir haben alles für unsere Gäste. Zucker und Sahne?«

»Nein, danke, schwarz.«

»Oh, Sie sind wohl ein ganz harter Bursche, was?«

Tenzer sah die junge Frau traurig an. Wollte sie sich über ihn lustig machen? Aber sie lächelte nur immer weiter.

»Bloß kein Mitleid, sonst heule ich Ihnen gleich etwas vor«, murmelte er und kippte den Kognak in einem Zug hinunter. Er brannte in der Kehle und schoß ins Blut wie eine Rakete. Es war der erste Schluck Alkohol seit zwei Jahren, abgesehen von zwei Dosen Bier gestern im Zug und einem Schluck Weißwein aus der Flasche in Leilas Kühlschrank in der Rutschbahn. Leila hatte immer nur Weißwein getrunken. Am liebsten französischen Bordeaux, »Entre deux Mers«.

»Ich muß auch immer heulen, wenn jemand Mitleid mit mir hat«, sagte die Bardame und lehnte sich in seiner Nähe an den Tresen. »Ist der Kummer denn sehr groß?«

Ein weiterer Gast war an den Tresen gekommen und ließ sich rechts von Tenzer nieder.

»Gin Tonic, bitte«, sagte Matthias Laurenz Jessen. »Ohne Eis.«

Tenzer musterte den neuen Gast von der Seite. Teurer englischer Tweed, glänzende, schwarze Schuhe aus dickem Leder, ein nagelneuer Trenchcoat, den Jessen achtlos neben sich auf einem Barhocker deponiert hatte. Feinste britische Ware. Dabei war der Junge höchstens Anfang Zwanzig.

»Kommen Sie auch gerade aus dem Vereinigten Königreich?« fragte Tenzer und versuchte, seiner Stimme den richtigen beiläufigen Klang zu geben, der allein das Ansprechen von Fremden an einem Bartresen rechtfertigte. Es gelang ihm noch nicht wieder richtig.

»Nein. Sie denn?«

»Nein.«

Beide mußten lachen. Die Bardame sah von einem zum anderen und lachte mit.

»Ich bin schon seit drei Monaten wieder hier«, sagte Jessen.

»Und ich erst seit gestern, aber ich komme nicht aus England«, sagte Tenzer. »Aber ich hatte recht, Sie kommen aus England. Ich rieche so etwas.«

»Gute Nase. Ja, ich habe dort studiert.«

»Fein. Darf ich mich vorstellen? Alfredi, Handelsvertreter, Ost-West-Handel. Ich komme gerade aus Perm zurück. Aus der Verbannung, sozusagen.«

»Spannend. Mein Name ist Jessen, Broker«, stellte der andere sich vor. »Freut mich, Sie kennenzulernen.«

»In welcher Branche sind Sie tätig, Herr Jessen?«

»Schiffsmaklerei, P & I.«

»Interessant«, sagte Tenzer. Er begann, seine Kaffeetasse auf der Untertasse zu drehen. Eine ganz alte Angewohnheit, die er im Knast fast vergessen hatte, aus dem einfachem Grund, weil es dort keine Untertassen gab. Seine Hände zitterten plötzlich nicht mehr, und seine Kopfschmerzen waren wie weggeblasen. Es war, als würde es langsam wieder Licht werden an seinem Horizont. Ein ganz klein wenig, jedenfalls.

»Ein Marinebroker«, sagte er leise. »Wie gut ist es, in einer Hafenstadt zu sein. Was trinken Sie? Ich darf Sie doch einladen?«

4

Susanne Bollmann war sofort am Telefon, als Marie Maas sie gegen vierzehn Uhr zu Hause anrief. Ohne zu murren, fügte sie sich in ihr Schicksal und versprach, Karsten Scholz umgehend im Grindelhof abzulösen.

Dann rief die Kommissarin zu Hause an und fand tröstliche Worte für Tomkin, der mitten in Szene sieben seines Hörspiels steckte. Zum Schluß verabredete sie sich mit Yalcin, der seine Stimme und Stimmung bei weitem nicht so gut unter Kontrolle hatte wie seine jüngere Kollegin Bollmann, in der Wohnung der Toten in der Rutschbahn Nummer 32.

»Saubere Arbeit«, sagte Marie Maas, als sie mit dem großen Schlüsselbund von Frau Rolf die Tür geöffnet hatten. Sie ging durch die Wohnung, zwei Zimmer, Küche, Bad. Überall das gleiche Chaos. »Hier hat jemand etwas gesucht …«

»… und gefunden«, beendete Yalcin.

»Wie kommst du darauf?«

Yalcin zeigte auf eine mit rotem Leder bezogene Schmuckkassette auf dem Schreibtisch. »Aufgebrochen.« Die Kassette war leer. Der zugehörige Schlüssel hing an Leila Rolfs Schlüsselbund.

»Seltsam, im Laden hat der Mörder das Geld liegenlassen«, sagte die Kommissarin. »Ruf bitte die Spurensicherung, aber entschuldige dich, daß wir sie schon wieder stören. Das hebt die Stimmung.«

Während Yalcin ans Telefon ging, schlenderte Marie Maas in die Küche und öffnete mit Hilfe ihres Taschentuchs die einzige Schublade eines Unterschranks, die noch geschlossen war. Unter einem Haufen Schuhputztücher und Wischlappen lag ein dicker Stapel Briefe. Absender: Wilfried Tenzer, JVA Butzbach. Sie schob die Briefe in ihre Handtasche.

»Herr Scholz möchte Sie sprechen«, sagte Yalcin und reichte Marie Maas den Telefonhörer.

»Wie es aussieht, sind wir schon ein ganzes Stückchen weiter«, trompetete Karsten Scholz in den Hörer. »Stell dir vor, der geheimnisvolle Freund, den die Rolf manchmal am Wochenende besucht hat, war ein Knacki aus Butzbach. Und er ist gestern morgen aus dem Knast entlassen worden.«

»O nein«, murmelte die Kommissarin. »Bitte, lieber Gott, laß es nicht so einfach sein.«

»Das Einfachste ist meistens das Beste. Wilfried Tenzer heißt der Junge.«

»Wann ist er rausgekommen?«

»Neun Uhr zwanzig. Er hat einen kleinen Koffer bei sich mit dem Nötigsten für eine Übernachtung und sein Entlassungsgeld, das er während der Haft angespart hat, ganze zweitausendsiebenhundert Mark.«

»Damit kommt er nicht weit.«

»Seine Entlassungsadresse ist Hamburg, Rutschbahn 32, bei Rolf. Leila Rolf hat ihn zwei Jahre lang in der Haft besucht. Sie gab sich als seine Verlobte aus.«

Marie Maas bückte sich und sah in den Kühlschrank, dessen Tür sperrangelweit offenstand. Ein kleiner Käserest wellte sich unter einer Plastikfolie. Ein halbes Paket Graubrot lag im Gemüsefach. Mehrere Becher Joghurt, eine angebrochene Flasche Weißwein, »Entre deux Mers«, drei Eier und ein Päckchen Parmesankäse. Nicht gerade ein Willkommensmahl, was Leila ihrem Herzbuben anbieten wollte.

»Hat das Labor schon etwas kundgetan?«

»Es hat. Tenzers Fingerabdrücke wurden im Hinterzimmer am Türrahmen und auf den Schaufensterscheiben gefunden. Das Blut am Boden wird noch untersucht. Wir haben seine Strafakte aus Butzbach angefordert. Irgendwo wird seine Blutgruppe ja vermerkt sein.«

»Weshalb hat er gesessen?«

»Betrug. Schwerer Betrug. Mehrfach vorbestraft.«

»Ich sehe mir das hier jetzt mal weiter an, ja? In der Wohnung ist jemand drin gewesen. Alles durchwühlt.«

»Klar. Tenzer. Womöglich sucht er seine Beute, die die Rolf damals für ihn versteckt hat.«

»Klar«, sagte die Kommissarin. Sie liebte es nicht, wenn Karsten Scholz voreilige Schlüsse zog. Auch nicht am Wochenende.

»Ich melde mich, wenn ich hier fertig bin.«

Marie Maas legte den Telefonhörer auf und ließ den Blick noch einmal durch die Küche schweifen. Sie war weiß tapeziert und so groß, daß ein runder Tisch mit vier Stühlen Platz hatte. An den Wänden standen Einbauschränke, Herd, Spüle, Waschmaschine und Kühlschrank. Dazwischen führte eine Glastür auf einen Balkon mit zwei hölzernen Liegestühlen. Die Tür war so unbeschädigt wie die Haustür und sorgfältig verriegelt. Der Hinterhof war grün, es gab eine Rasenfläche mit Rabatten am Rand, auf denen sich ein paar schmuddelige Schneereste gehalten hatten. Genau wie bei ihr zu Hause. Vom Garten aus konnte man ohne Strickleiter oder andere Hilfe nicht zu diesem Balkon hochklettern.

Sie ging zurück ins Wohnzimmer und stellte das Telefon auf dem Schreibtisch ab. Die Fenster gingen nach vorne hinaus, zur Rutschbahn. Beide Fenster waren von der Straße aus gut einsehbar. Sie waren ebenfalls ordentlich versperrt und völlig unversehrt. Wer immer in dieser Wohnung gewesen war, er mußte einen Schlüssel gehabt haben.

Die Bücherregale waren durchsucht worden, ein Berg von Büchern lag zerfleddert auf dem Boden. Neben dem Schreibtisch hing ein hübsches Ahornschränkchen an der Wand. Einige Papiere lagen darin, zwei Pässe auf den Namen Leila Rolf, ein finnischer und ein deutscher, Sozialversicherungsheft, Scheckformulare, ein Sparbuch mit einer Mark Guthaben, ein paar Briefe, die Hälfte davon lag verstreut am Boden. Seltsam: Die Tote trug einen Brillantring von mehreren Karat am Finger. Der Mörder hatte ihn ihr nicht abgenommen. Hier aber gab es kein einziges Wertstück mehr, der Einbrecher hatte alles mitgehen lassen, was er finden konnte. Warum war das Ladengeschäft nicht durchsucht worden, wohl aber die Wohnung? Sogar die Teppiche waren hochgenommen worden, man hatte die Dielen untersucht. Die beiden samtenen Sofakissen waren aufgeschlitzt.

Die Kommissarin folgte Yalcin ins Schlafzimmer. Nur eine schmale Bettdecke lag auf dem breiten Bett. Ein zweites Oberbett lag sorgfältig verpackt oben auf dem Schrank in einer Plastiktüte.

»Sie hat nicht mit seiner Entlassung gerechnet, soviel steht fest«, sagte Marie Maas, nachdem sie Yalcin von Wilfried Tenzer berichtet hatte.

»Vielleicht wollte Leila Rolf ihn gar nicht bei sich aufnehmen. Vielleicht hat er ihre Adresse nur zum Schein angegeben.«

»Warum hatte er dann einen Schlüssel für die Wohnung? Wenn er es war, der hier alles durchwühlt hat, dann hatte er jedenfalls einen Schlüssel.«

Marie Maas öffnete den Kleiderschrank. Leila Rolf war eine zierliche Person. Etwa eins fünfundsechzig groß und gertenschlank, fast mager. Sie hatte am liebsten lange, enganliegende Kleider getragen, unifarben. In Strick und Baumwolle hingen mehrere solcher Kleider in verschiedenen Farben im Schrank. Auf dem Boden standen drei Paar Stiefeletten, so schmal und spitz, daß Marie Maas schon vom Ansehen Fußschmerzen bekam. Dicke gemütliche Pullover, wie sie sie gerne trug, gab es hier überhaupt nicht. Nur ein paar Jeans und seidene Hemden und mehrere strenge Blazer. Für förmliche Anlässe hingen zwei dunkle Jackenkleider bereit und ein Abendkleid, das ein bißchen aus der Mode gekommen war.

Yalcin seufzte, als die Kommissarin den Schrank wieder schloß.

»Sie war noch nicht alt«, sagte er leise. »Nicht wahr?«
»Vierunddreißig Jahre.«
»Scheiße. Den Typ müßte man hängen, der sie auf dem Gewissen hat.«
Marie Maas verkniff sich eine Antwort.

5

Das Hotelzimmer kostete hundertsiebzig Mark am Tag und war nicht einmal luxuriös. Ein schmales Bett, Nachttisch, Kleiderschrank, ein Schreibtisch mit Telefon und Schreibmappe und ein Stuhl davor – das war alles. Vor dem Fenster lagen die Dächer der Häuser am Harvestehuder Weg, dahinter ragten die Baumspitzen der Parkanlage an der Alster hervor, und manchmal, nachts, hörte Tenzer die Enten schnattern, vielleicht waren es auch die Schwäne. Vielleicht bildete er es sich auch nur ein. Er wachte nachts auf und dachte an Leila, an ihre weiße Haut, ihren schmalen, mädchenhaften Körper. Vielleicht war Leila verwandelt in einen Schwan?

Dachte man immer so blöde Sachen, wenn jemand gestorben war? Jemand, den man geliebt hatte?

Am Sonntag stand er erst am späten Nachmittag auf. Er hatte sich die Hosen ausbürsten lassen und ein frisches Oberhemd besorgt. Mit Toilettenpapier polierte er die schwarzen Lederschuhe, duschte und zog sich an. Er fühlte sich wie eine Eiche, in die man einen Keil geschlagen hat, um sie zu fällen, von der man dann jedoch wieder abließ. Er war angeschlagen. Den nächsten Sturm würde er vielleicht nicht überstehen, aber er mußte es versuchen.

Die Hälfte seines restlichen Geldes – fünfhundert Mark –

und Leilas Schmuck versteckte er unter der Matratze und ließ die Zimmertür hinter sich zufallen.
Der Mittelweg lag vollkommen verlassen in der Abenddämmerung. Die Schaufenster in Pöseldorf waren vorweihnachtlich dekoriert. Kein Mensch stand davor und betrachtete sie. Ein eisiger Wind, der nach Schnee roch, fegte von der Alster hoch durch die Sophienterrasse. Tenzer ließ den Bus vorbeifahren und winkte ein Taxi heran.
»St. Georg, Hansaplatz«, sagte er zu dem Taxifahrer und stieg in den Fond des Wagens. »Kennen Sie das Gasthaus ›Lenz‹?«
Der Fahrer war Ende Zwanzig, trug einen Pferdeschwanz und eine blasse Tätowierung auf dem Handrücken und sah aus, als hätte er in seinem Leben schon anderes getan, als in Hamburg Taxi zu fahren.
»Das gibt's nicht mehr«, sagte er und musterte seinen Fahrgast im Rückspiegel. »Suchen Sie was Bestimmtes?« fragte er nach einer Weile.
»Vielleicht«, sagte Tenzer.
Das Taxi hielt an der Ampel am Dammtor. Ein feiner Regen hatte eingesetzt und prallte in spitzen, eisigen Tropfen auf die Windschutzscheibe. Der Fahrer setzte die Scheibenwischer noch nicht in Gang.
»Gehen Sie lieber in den ›Dschungel‹, Hansaplatz Ecke Hansastraße. Fragen Sie nach Rita, das ist dann in Ordnung.«
»Danke«, sagte Tenzer. »Vielen Dank für den Tip. Können Sie mich dort nicht in einer Stunde wieder abholen?«

»Klar, Chef«, sagte der Taxifahrer. »Wenn ich nicht frei sein sollte, schicke ich einen Kumpel.«
Den Rest der Fahrt schwiegen die Männer.

Die Kommissarin nahm sich einen Brief nach dem anderen vor. Leila hatte Tenzers Briefe chronologisch geordnet und in Bündeln von je fünfzig Briefen gestapelt. Jeden Tag einer. Am Wochenende ein langer Brief, der Freitagabend begonnen wurde und Sonntagnachmittag schloß mit der üblichen Formulierung: *In Liebe, Dein Willi,* oder einfach: *Ich liebe Dich, vergiß mich nicht, Dein Willi,* oder: *Ich drücke und liebe Dich, Dein Willi.* Nur einmal endete einer karg mit *liebe Grüße.* Diesen Brief hatte Tenzer nach seiner Gerichtsverhandlung geschrieben. Er bot Leila darin großzügig an, sie freizugeben, falls sie während seiner dreieinhalb Jahre langen Haftstrafe nicht auf ihn warten wollte. *Du bist jung, Du bist schön, Du sollst Dir nicht meinetwegen Zwang antun müssen. Wenn ich rauskomme, werden die Karten neu gemischt. Bis dahin gebe ich Dich frei.* Leila hatte offenbar wunschgemäß mit einer heißen Liebes- und Durchhalteerklärung geantwortet. Jedenfalls begann sein nächster Brief mit der Feststellung: *Du bist die großartigste Frau auf der Welt, Leila, und ich werde Dich immer lieben.* Was wollte eine Frau mehr? Offenbar war Tenzer ein guter Liebhaber, zumindest schriftlich und zumindest so lange, wie er auf Nummer Sicher hockte.
Seine letzten Briefe waren voll fiebriger Erwartung auf die vorzeitige Entlassung und voller Pläne, die offenbar schon hundertmal durchgesprochen und festgelegt worden waren. *Wir werden vernünftig sein und nicht sofort weg-*

fahren, sondern erst einmal alle Formalitäten erledigen. Ich muß mich bei der Bewährungshilfe melden, ich muß einen neuen Ausweis beantragen, weil mein alter abgelaufen ist, ist muß mich arbeitslos melden. Dann erst geht's auf die Reise, Liebes, aber nicht an die Côte d'Azur, die Zeiten sind vorbei. Laß uns lieber in die Bretagne fahren oder ins Zentralmassiv. Es muß auch nicht Frankreich sein, mir genügt es vollkommen, mit Dir in einem kleinen Hotel in der Eifel abzusteigen, mir genügt es sogar, einfach nur mit Dir zusammenzusein, und sei es auf Deinem Küchenbalkon – sogar auf Deinem Sofa vor dem Fernseher, so sehr liebe ich Dich.

Marie Maas faltete den Brief wieder zusammen und zog eine Grimasse.

»Muß Liebe schön sein«, brummte sie.

Tomkin hatte seinen Schreibtisch aus dem Mittelzimmer ins Wohnzimmer geschoben, um Heizungskosten zu sparen. Er schrieb an seinem Hörspiel und sah von der Arbeit auf.

»Was gibt's?«

»Ich habe nur festgestellt: Muß Liebe schön sein.«

»Das kommt davon, wenn man fremde Briefe liest«, sagte Tomkin spitz.

»Ich arbeite«, sagte Marie Maas scharf.

»Ich meine ja nur«, brummte Tomkin.

Marie Maas zog den letzten Brief aus dem Umschlag. Er war datiert auf den 3. Dezember. Er war heftig aufgerissen worden, der Umschlag war dabei fast zerrissen. *Nichts Neues, mein Liebling,* begann sie zu lesen. Der Brief war wieder handschriftlich verfaßt, zwischenzeitlich hatte Tenzer sich eine Schreibmaschine besorgt, aber wohl wieder abgegeben. *Noch immer kein Bewährungsbeschluß. Ich bin furchtbar nervös. Heute morgen habe ich meinen Kaffeefilter zerbrochen. Hummer läßt nichts durchblicken, das Schwein. Ja, das soll er ruhig lesen, jetzt kann er uns nicht mehr viel tun. Diese dreckige Briefzensur. Ich bin so unglücklich, Liebes. Womöglich mußt Du doch noch einmal die schlimme Reise machen und mich hier besuchen. Aber das klären wir telefonisch. Morgen melde ich mich krank bei der Arbeit. Ich habe einfach keine Lust mehr. Wenn doch endlich der Beschluß käme! Liebst du mich auch so sehr wie ich Dich? In Liebe, Willi.*

»Sie hat womöglich bis zum Schluß nicht gewußt, wann er rauskommen wird«, murmelte Marie Maas. »Aber vielleicht hat Tenzer sie angerufen, als er draußen war.«

»Vielleicht wollte er sie überraschen«, sagte Tomkin.

»Überraschend erwürgen?«

»Er muß sie doch gar nicht umgebracht haben.«

»Aber wo ist er?« rief Marie Maas heftig und sprang aus ihrem Sessel auf. »Wo steckt der Kerl? Warum meldet er sich nicht bei uns, wenn er eine weiße Weste hat?«

»Er hat Angst, daß ihr ihm nicht glaubt.«

»Wer redet denn von glauben, Tomkin? Wir haben seine Fingerabdrücke in Leilas Laden und in ihrer Wohnung gefunden, sein Blut, seine Fußabdrücke. Mit glauben hat das nichts mehr zu tun. Wir sind doch nicht von der Heilsarmee, was sollen wir ihm denn zugute halten? Er wird aus dem Knast entlassen, und zehn Stunden später wird seine Freundin ermordet. Er war am Tatort. Und er ist verschwunden. Das ist wie eine Rechenaufgabe aus der ersten Klasse, eins mal eins ist eins, es kommt einfach nichts anderes dabei heraus. So leid es

mir tut für den armen Teufel. Denk doch auch mal an die tote Frau.«
»Ach ja, als du geduscht hast, hat jemand für dich angerufen«, sagte Tomkin. »Eine Frau. Sie probiert es später noch einmal.«

Der »Dschungel« war so sparsam beleuchtet, daß Tenzer erst mal in der Tür stehenbleiben mußte, bis seine Augen sich an das schummrige Licht gewöhnt hatten. Kein Mensch saß an dem langen Tresen, hinter dem unzählige bunte Flaschen in mehreren Spiegeln noch vervielfacht wurden.
»Guten Abend«, sagte Tenzer und ließ sich mit langsamen Bewegungen auf einen Barhocker gleiten. Sein Mantel war feucht von dem Eisregen, aber er wollte ihn nicht ausziehen. Er wußte noch nicht, ob er bleiben sollte. »Ein Bier bitte.«
Das blonde Mädchen hinter dem Tresen setzte sich langsam in Bewegung und trat an den Zapfhahn.
»Regnet es schon wieder?«
»Eisregen«, sagte Tenzer. »Übrigens, ich würde gern mit Rita sprechen. Ist das möglich?«
Das Mädchen ließ den weißen Schaum bis kurz unter dem Rand ins Glas laufen und schob den Zapfhahn hoch. Dann drehte sie sich um und verschwand in dem dunklen Hintergrund der Kneipe. Die Musikbox dudelte eine kurze, elektronische Tonfolge, dann hörte Tenzer das Mädchen leise sprechen. Sie telefonierte. Langsam konnte er die düsteren Umrisse im Hintergrund der Kneipe ausmachen. Er hatte plötzlich großen Durst auf Bier.

Das Mädchen kam zurück, füllte sein Glas und stellte es auf einem Bierdeckel vor ihm ab. Sie markierte einen Strich auf dem Deckel.
»Rita kommt gleich«, sagte sie und verschwand wieder im Halbdunkel. Außer seinem eigenen Atem hörte Tenzer nichts. Er stand auf, um Geld in die Musikbox zu werfen. In dem Augenblick sprang die Tür auf, und drei Typen standen in der Tür. Der erste war sehr dick und etwa zwei Köpfe größer als Tenzer, seine breiten Schultern steckten in einer schweren ledernen Motorradjacke, schwarz, mit roten Abzeichen. Seine Haare waren ungepflegt und hingen ihm tief in die Stirn. Hinter ihm bauten sich zwei kleinere Kerle auf, grüßten das Mädchen kurz, dann schob sich der eine hinter Tenzer.
»Was willst du von uns?« fragte der Dicke und kam mit seinem aufgedunsenen Gesicht ganz nah an Tenzer heran. »Du hast uns gerufen?«
»Ich habe nach Rita gefragt«, sagte Tenzer leise. Obwohl er den Eindruck hatte, daß Reden ihm nicht mehr viel helfen würde.
»Hört, hört, er hat nach Rita gefragt. Was will er denn, der Kleine? Was will er denn von Rita?«
»Ich will etwas kaufen«, sagte Tenzer leise.
»Kaufen«, wiederholte der Dicke laut. »Na, was denn? Komm schon, erzähl es Rita.« Er zog seine eine Faust aus der Tasche und packte Tenzers Mantelkragen. »Na los, red schon, sonst gibt's gleich was umsonst.«
Tenzer trat die Flucht nach vorn an. Offenbar hielt man ihn für einen Bullen, einen Spitzel oder einen Provokateur. Oder, noch schlimmer, für einen Touristen. Er

mußte deutlich machen, daß er geschäftlich hier war, daß er ein Kumpel war.
»Ich brauche ’ne saubere Pappe«, sagte er. »Zum Arbeiten. Deutsch oder ausländisch, ganz egal.«
Der Dicke ließ seinen Mantel los.
»Und wer schickt dich?«
»Niemand«, beteuerte Tenzer. »Mensch, das kannst du mir glauben. Ich bin Freitag erst aus Butzbach entlassen.«
»Piekfein aus Butzbach entlassen worden, was?« Der Dicke griff wieder nach Tenzers Mantel. Diesmal rieb er den Stoff zärtlich zwischen zwei Fingern. Tenzer griff in die Innentasche seines Jacketts, holte seine Brieftasche heraus und zerrte den Entlassungsschein hervor.
»Hier. Siehst du?«
Der Dicke nahm ihm die ganze Brieftasche ab und reichte sie nach hinten weiter. Der Entlassungsschein segelte auf den Boden. Dann packte er Tenzer am Kragen und schob ihn mit eisernen Fäusten zur Tür.
»Laß mich los, du Schwein!« brüllte Tenzer, als er sah, wie die anderen beiden die Geldscheine aus seiner Brieftasche zogen. Dann sah er die Faust des Dicken auf sich zufliegen und duckte sich. Er stieß sich heftig den Kopf am Türgriff, aber der Schlag ging ins Leere. Hastig riß er die Tür auf und stolperte auf die Straße. Sein Mantel blieb am Türgriff hängen und riß auf. Dann hörte er seine leere Brieftasche neben sich aufs Pflaster klatschen. Er hob sie auf und machte, daß er wegkam.

6

»Es ist vielleicht gar nicht wichtig«, sagte Gudrun März. »Aber es fiel mir heute morgen plötzlich ein. Ich habe doch gesagt, daß in Frau Rolfs Laden nichts fehlte. Das stimmt nicht ganz. Die Schneiderpuppe ist nicht mehr da. Sie stand immer neben der Kasse. Und ich bin mir ziemlich sicher, daß sie am Samstag morgen nicht mehr da war. Vielleicht hat Frau Rolf sie ja woanders hingestellt. Oder mit nach Hause genommen. Es ist ja nur eine Schneiderpuppe, aber ...«

Marie Maas legte die Hand über die Sprechmuschel ihres Telefons. Tomkin stand in Hut und Mantel an der Tür und zeigte auf seine Uhr. Sein Flugzeug nach London ging in eineinhalb Stunden ab Fuhlsbüttel.

»Du bringst mich doch hin?« flüsterte er.

Marie Maas nickte.

»Ich danke Ihnen, Frau März«, sagte sie in den Hörer. »Jeder Hinweis ist für uns wichtig. Ich werde das gleich überprüfen. Eine Schaufensterpuppe also? Wie sah sie denn aus?«

»Nein, es ist eine Schneiderpuppe. Das ist eine lebensgroße Puppe ohne Kopf, ich glaube Größe sechsunddreißig oder achtunddreißig. Ihr Körper ist bis zu den Oberschenkeln hinunter gepolstert mit schwarzem Samt, damit man die Stecknadeln daran feststecken kann. Sie steht auf einem Drahtgestell. Die Schneider arbeiten damit, wenn sie niemanden für eine Anprobe haben. Frau Rolf hat ja keine Kleider mehr geschneidert, nur noch Änderungen gemacht. Die Puppe war reine Dekoration. Sie hatte sie aus Finnland mitgebracht. Sie hing sehr an ihr.«

Marie Maas beendete das Gespräch, brachte Tomkin zum Flughafen und fuhr von dort aus direkt in den Grindelhof. Karsten Scholz hatte dafür gesorgt, daß die Observation des Ladens von einer wechselnden Truppe Kriminalwachtmeister erledigt wurde, die er alle mit dem Foto von Wilfried Tenzer versorgt hatte. Die Kommissarin gab einem unauffällig vor den Auslagen des Zeitschriftenhändlers herumlungernden Beamten ein Zeichen und schloß den Laden von Leila Rolf auf.

Weder im Verkaufsraum noch im Hinterzimmer fand sich eine solche Puppe. Auch keine Schaufensterpuppe, nicht einmal eine Zierpuppe. Die Kleider im Schaufenster wurden diskreter zur Schau gestellt. Sie waren mit Nadeln auf stoffbezogene Platten drapiert, schlicht auf dem Boden ausgebreitet oder mit Nylonfäden in den Raum gespannt.

Sorgfältig kontrollierte sie die Hintertür. Sie war fest verschlossen, das Siegel war unversehrt. Vorne an der Eingangstür hing ein Zettel mit der Information, daß der Laden wegen eines Trauerfalls geschlossen war.

Sie löschte wieder überall die Lichter und ging zu ihrem Wagen, den sie verkehrswidrig mitten auf dem Parkplatz vor dem Abaton-Kino geparkt hatte. Natürlich wollte gerade dort jemand ausparken, wo sie ihren Wagen abgestellt hatte. Rasch stieg sie in den Golf und versuchte, links auf den Grindelhof einzubiegen. Hoffnungslos. Der Strom der Wagen riß nicht ab. Hinter ihr wurde gehupt. Schließlich bog sie nach rechts ab. An der Hallerstraße fiel ihr ein, daß Leila Rolfs Exmann hier ganz in der Nähe mit seiner Schwester wohnte. Sie griff zu ihrem Funktelefon und ließ sich die genaue Adresse geben.

»Aber es ist niemand da, ich habe es vor einer Stunde zuletzt versucht«, sagte Susanne Bollmann, die offenbar auch den ganzen Sonntag im Präsidium verbracht hatte. Nur Marie Maas hatte seit Samstag nachmittag ein ruhiges Wochenende verlebt. Sie machte Fortschritte, was die Emanzipation vom Büro anging.

In der Oberstraße 111, einer prächtigen alten Villa mit Jugendstilfassade, waren im ersten Stock zwei Fenster hell erleuchtet. Marie Maas klingelte zuerst bei Thomas Rolf, dann bei seiner Schwester. Über Gegensprechanlage tat sie einer unfreundlichen Stimme ihren Wunsch kund, mit Thomas und Katja Rolf zu sprechen. Ein Summer ertönte, und die Haustür sprang auf.

Die Geschwister residierten in getrennten Wohnungen. Beide lebten allein – ledig beziehungsweise geschieden.

Katja Rolf war eine hochgewachsene, kräftige Person mit eisgrauen, ganz kurz geschorenen Haaren. Die Kommissarin hatte eine Frau Mitte Vierzig erwartet, Katja Rolf aber war Anfang Sechzig.

»Ich bin die große Schwester«, sagte sie und führte die Kommissarin in einen weiten Salon. Verstreut standen Schränke, Vitrinen mit kostbaren Nippes, Kristallgläsern, an den Wänden hingen teuer gerahmte Drucke von Miró. Die Polster einer Biedermeiersitzgruppe waren mit gelber Seide bezogen. Katja Rolf bot Platz an.

»Sie haben wohl jemand Jüngeren erwartet?«

»Ehrlich gesagt, ja, Sie haben recht.«

»Meine Schwägerin war ja erst vierunddreißig Jahre alt. Mein Bruder ist einundfünfzig, ich bin zweiundsechzig. Wir haben die Nachricht von Leilas Tod erst heute morgen erhalten. Ich bin daraufhin sofort zurückgekommen, mein Bruder wird Ihnen morgen früh zur Verfügung stehen.«

»Sie waren zusammen verreist – darf ich fragen, wo Sie waren und wann Sie Hamburg verlassen haben?«

»Wir waren bei einer Familienfeier in Bad Homburg, ein Neffe unseres Vaters feierte seinen fünfzigsten Geburtstag. Die Feier begann Samstag mittag mit einem kleinen Empfang in seinem Hause, später sind wir dann in ein Restaurant gegangen.«

»Wann sind Sie aus Hamburg abgefahren?«

»Mein Bruder hat am Freitag ab vierzehn Uhr dienstfrei. Er ist Richter am Oberlandesgericht, aber das wissen Sie ja sicherlich schon. Er war kurz hier und hat seine Sachen abgeholt, dann ist er zum Schwanenwik gefahren, um Mäxchen, seinen Dackel, bei einem Freund in Pflege zu geben. Max fährt nicht gerne Zug. Dann hat er den ICE nach Frankfurt um sechzehn Uhr sechsunddreißig genommen und war abends gegen einundzwanzig Uhr in Bad Homburg. Ich hatte ihn eigentlich im Zug treffen wollen. Ich steige lieber am Dammtor ein als am Hauptbahnhof. Aber dummerweise bekam ich Freitag mittag plötzlich einen Migräneanfall. Ich bat ihn deshalb, nicht auf mich zu warten, ich würde den Arzt kommen lassen und so bald wie möglich nachkommen. Ich bin dann doch erst am Samstag morgen kurz nach halb acht Uhr gefahren und kam gerade noch rechtzeitig zum Empfang.«

»Das heißt, Sie waren zur Tatzeit in Hamburg.«

»Das ist korrekt, Frau …«

»Maas, Kriminalhauptkommissarin.«

»Frau Maas. Leila wurde Freitag abend ermordet, nicht wahr?«

»Wir gehen davon aus. Der Obduktionsbericht liegt allerdings noch nicht vor. Sie sind Steuerberaterin, Frau Rolf …«, wechselte Marie Maas das Thema.

»Wer hat Ihnen denn das erzählt?« unterbrach die resolute Schwester sofort. »Nein, ich beherrsche nur die Grundlagen der doppelten Buchführung. Unsere Eltern hatten ein Schreibwarengeschäft, dort habe ich schon als Kind ausgeholfen und später das Geschäft geleitet, bis wir es verkauften. Jetzt verwalte ich unsere Immobilien. Mein Bruder hat zwei Mietshäuser gekauft. Und ich habe die Arbeit damit, leider.«

»Aber es ist doch richtig, daß Sie für Frau Rolf, also für Ihre Schwägerin, die Buchhaltung erledigten, oder?«

»Ich habe ihr ein bißchen geholfen, das ist richtig. Aber nur am Anfang, als sie das Geschäft eröffnet hatte. Als ich herausbekam, daß sie weiterhin mit diesem Betrüger verkehrte, ihm schrieb und ihn auch in der Haftanstalt besuchte, habe ich sofort damit aufgehört. Ich habe ihr meine Gründe auch unmißverständlich dargelegt.«

»Sie sprechen von Herrn Wilfried Tenzer.«
»Der Name dieses Herrn interessiert mich überhaupt nicht. Ich will ihn gar nicht wissen. Er hat das Leben meines Bruders zerstört, er hat Leila verführt, sie war eine sehr labile Person. Sie brauchte eine feste Hand. Leider war mein Bruder auch viel zu nachsichtig mit ihr.«
»Ihr Bruder ist als Richter doch sicherlich ...«
»Er ist einer der korrektesten, pflichtbewußtesten Juristen, die man sich vorstellen kann. Aber sein Schicksal, möchte ich mal sagen, war seine unglückliche Ehe mit der armen Leila. Ohne über die Tote Schlechtes sagen zu wollen, muß ich das doch so ausdrücken. Die beiden gehörten einfach nicht zusammen. Möchten Sie Tee?«
»Nein, danke«, sagte Marie Maas.
»Wenn Thomas damals auf mich gehört hätte, hätte er diese Frau niemals geheiratet. Aber er konnte es ja nicht lassen. Er war verliebt wie ein alter Geck.«
»Das junge Paar hatte keine Kinder, ist das richtig?«
»Um Himmels willen, nein.«
»Warum sind Sie so froh darüber?«
»Darüber möchte ich nichts sagen, solange mein Bruder nicht dabei ist.«
»Um den Mörder finden zu können, müssen wir uns ein Bild machen von der Toten.«
»Ich dachte, den Mörder hätten Sie schon ermittelt?«
»Wie kommen Sie denn darauf?«
Katja Rolf wies auf den Fernseher, der hinter Marie Maas in einer Ecke stand.
»Ich habe es eben in den Nachrichten gehört.«
»Das ist Unsinn. Es gibt bisher nur verschiedene Indizien.

Ich habe noch nicht einmal eine klare Vorstellung von der Persönlichkeit der Toten. Ich wäre Ihnen sehr dankbar, wenn Sie mir dabei behilflich sein würden. Ich sehe bisher nur eine recht selbständige Frau in den besten Jahren vor mir, die früh ihre Heimat verlassen und sich nach einer gescheiterten Ehe einen Freund gesucht hat, der wegen Betrugs in Haft kam. Sie hat treu zu ihm gehalten. Die Beziehung muß innig gewesen sein, es gibt Briefe von ihm an sie, wir haben sie in ihrer Wohnung gefunden.«

»Diese innige Beziehung, wie Sie es nennen, war doch ein einziger Affront für meinen Bruder, sehen Sie das denn nicht? Wie kann man verheiratet sein mit einem grundehrlichen und zudem in höchstem Amt und Würden stehenden Richter und gleichzeitig eine Beziehung zu einem Betrüger anfangen, ohne daß die Konsequenzen auch dem unbedarftesten Beobachter ins Auge springen? Wollen Sie wirklich keinen Tee?«

»Ach doch, vielleicht eine Tasse.«

»Mein Bruder ist nicht mehr derselbe, seit Leila ihn betrogen hat. Er ist vollkommen aus dem Gleichgewicht geraten. Und alles, was Leila dazu zu sagen hatte, war so ein ausgeleierter Satz wie: Sie habe auch ein Recht auf Glück. Auf Kosten meines Bruders natürlich. Er zahlt Unterhalt für sie, und nicht zu wenig.«

»Darf ich daraus schließen, daß Sie gar nicht so unglücklich sind über den Tod Ihrer Schwägerin?«

»Wäre das nicht verständlich?«

Frau Rolf erhob sich und ging in die Küche, um eine Tasse Tee für die Kommissarin zu holen.

»Warum zahlte Ihr Bruder Unterhalt für seine geschiedene Frau? Waren sie überhaupt schon geschieden?«

»Ja. Seit dem dritten Februar dieses Jahres. Er zahlte Unterhalt, weil er sie noch immer liebte. Er war nicht zu bekehren.«

»Können Sie sich vorstellen, daß Ihr Bruder Leila hätte umbringen können? Bitte verstehen Sie mich nicht falsch, er hat ein Alibi, er kann es ja gar nicht getan haben. Ich versuche nur, den Charakter ihrer Beziehung zu ergründen.«

»Ich verstehe Sie sehr gut. Aber es gibt keinen Grund, warum er sie hätte umbringen sollen. Und das ist doch wohl das Entscheidende. Mein Bruder fühlte sich für Leila verantwortlich. Er hatte sie von Finnland nach Hamburg geholt, so sieht er das jedenfalls. Ich sehe das ganz anders.«

»Wie sehen Sie es?«

»In meinen Augen war Leila die geborene Profiteurin. Und sie hat immer Dumme gefunden, die für sie die Arbeit taten. Thomas kniete vor ihrer bleichen Schönheit, Schönheit in Anführungsstrichen, ich jedenfalls fand sie eher fad als hübsch. Von Schönheit konnte überhaupt keine Rede sein. Intellektuell war sie ihm bei weitem nicht gewachsen, sie war zu provinziell, hatte keinen Esprit, nichts, womit sie ihm hätte Paroli bieten können. Die beiden verbreiteten eine ungute Atmosphäre, wenn sie zusammen waren. Wenn sie Feste gaben, blieben die Gäste stumm und verlegen, man hatte immer den Eindruck, die beiden zu stören. Auf eine perverse, intime Weise. Sie hatten übrigens keinen großen Freundeskreis. Vielleicht hat Thomas Leila auch eingeschüchtert. Das wäre ihr zugute zu halten. Ich kenne meinen Bruder besser, als er sich selbst kennt. Er kann vernichtend sein mit seiner Korrektheit. Die beiden waren einfach nicht füreinander geschaffen. Leila war still, sie war ihm ergeben, solange er dabei war. Wenn er aber außer Sichtweite war, lachte sie über ihn, sie machte sich sogar lustig über seine Schwächen und kleinen Fehler. Von ihrer Seite aus muß etwas Masochistisches im Spiel gewesen sein.«

»Sprach sie gut deutsch?«

»Zu Anfang nicht, aber sie lernte es sehr schnell. Sie war ja nicht dumm, nur ungebildet und unreif.«

»Wie hat Leila Wilfried Tenzer kennengelernt, und wann war das?«

»Das weiß ich nicht. Ich will es auch nicht wissen. Jedenfalls weiß mein Bruder es seit gut zwei Jahren. Er hat sofort die Scheidung eingereicht.«

»Trotzdem haben Sie sie unterstützt und ihr bei der Buchhaltung geholfen.«

»Nachdem sie jahrelang herumgesessen und Däumchen gedreht hatte, kam sie nach der Trennung von Thomas auf den Gedanken, eine Boutique zu eröffnen. Kurz vorher war dieser Tenzer verhaftet worden, ein ziemlich dickes Ding, was er sich geleistet hatte. Mein Bruder mußte sich notgedrungen darüber informieren, er hatte sogar seine Not, mit diesem Menschen nicht in Verbindung gebracht zu werden. Eines Abends saß er hier bei mir, völlig deprimiert. Er erzählte mir von der Verhaftung und sagte, daß auch Leilas Name, also unser guter, unbescholtener Familienname, in den Akten auftauchte. Er weinte fast, so verzweifelt war er. Und gleichzeitig hoffte er, nun vielleicht Leila zurückgewinnen zu können. Er bat mich, mich um Leila zu kümmern. Und ich versprach es meinem Bruder. Obwohl ich dachte, daß dieser Betrüger womöglich besser zu ihr paßte als mein Bruder. Sie hatte auch so etwas Verschlagenes in ihrem Wesen, sie sprach nie offen und gerade mit einem. Sie ließ sich immer ein Hintertürchen offen.«

»Sie halfen ihr dabei, die Boutique aufzubauen.«

»Das wäre zuviel gesagt. Ich erklärte ihr die Buchhaltung, die Grundzüge des Rechnungswesens, baute ihre ersten Handelskontakte auf. Leila war ganz gelehrig, lebendig, fleißig, aktiv. Wir hatten zum ersten Mal ein gutes Verhältnis zueinander. Es ging mir ja nur darum, die Verbindung mit ihr zu halten, sie zu festigen, nachdem dieser Mensch nicht mehr anwesend war und seinen schlechten Einfluß auf Leila ausüben konnte. Über meinen Bruder sprachen wir nie. Ich weiß, er war mir zutiefst dankbar in dieser Zeit. Aber er kann sehr gut warten. Dann erlebte ich eines Tages, wie Leila einen Anruf aus Butzbach erhielt. Es war abends, kurz nach Ladenschluß. Es war natürlich dieser Sträfling. Ich stellte sie zur Rede. Sie wurde frech. Sie sagte, sie hätte niemals den Kontakt zu ihm abgebrochen und sie würde es auch niemals tun. Sie hätte mich schon lange durchschaut, ich wolle sie nur kontrollieren, weil sie Geld bekommen würde von meinem Bruder. Ich wäre eine alte Wachtel – so hat sie mich genannt. Wortwörtlich. Ich habe sie seitdem nicht wiedergesehen.«

»Wann war das?«

»Vor gut einem Jahr. Kurz vor Martinstag. Also Anfang November.«

»Und Ihr Bruder?«

»Mein Bruder hat sie bestimmt nicht wieder getroffen.«

»Das wissen Sie genau?«

»Ich würde meine Hand dafür ins Feuer legen. Ich bitte Sie, er ist eine öffentliche Person. Er kann doch nicht einer Ganovenbraut hinterherlaufen. Schlimm genug, was alles schon geschehen war. Es mußte endlich Gras über die Sache wachsen. Insgeheim wartete er vielleicht noch immer darauf, daß sie von selbst zu ihm zurückkäme.«

Marie Maas trank ihre Teetasse leer. Es war Hagebuttentee.

»Woher kennt Gudrun März Sie?«

»Wer ist das?«

»Eine junge Studentin, die bei Leila im Laden ausgeholfen hat.«

»Das weiß ich nicht. Vielleicht hat Leila von mir erzählt. Ich habe sie jedenfalls nie im Laden gesehen.«

»Leila Rolf hatte eine Schneiderpuppe.«

»Ach Gott, diese Schneiderpuppe. An der hing sie mit allen Fasern ihrer sentimentalen Natur.«

»Sie hat sie für ihre Arbeit benötigt.«

»Sie konnte doch gar nicht schneidern. Das war barer Unsinn. Kleine Änderungen machen, Säume herauslassen, Abnäher anbringen, das schon, aber Leila konnte doch nicht wirklich Kleider nähen.«

Das beherrschte, von feinen Linien durchzogene Gesicht von Katja Rolf geriet zum ersten Mal außer Kontrolle.

»Jedenfalls ist diese Puppe nicht mehr im Laden, wo sie laut Aussage von Frau März bis letzten Mittwoch noch neben der Kasse stand.«

»Stimmt, sie stand immer im Laden. Aber ich habe keine Ahnung, was Leila damit gemacht hat. Vielleicht hat sie sie mit nach Hause genommen?«

»Dort ist sie auch nicht.«

»Dann hat sie sie vielleicht verkauft.«

»Oder weggeworfen.«

»Das glaube ich nun wieder nicht. Wie gesagt, sie hing an dem Ding, sie glaubte sogar, die Puppe wäre antik. Eher hat sie sie verkauft.«

»Hätte sie das nötig gehabt?«

»Was glauben Sie denn, warum sie es zugelassen hat, daß ich mich in ihr Geschäft mischte – die Buchhaltung war ihr doch völlig egal.«

»Wollen Sie damit sagen, sie hat sich davon Vorteile versprochen? Hatte sie finanzielle Probleme?«

»Vorteile? Probleme? Das ganze Geschäft ist schlicht und ergreifend ein einziges Schuldenloch. Wenn mein Bruder ihr nicht immer wieder geholfen hätte ...«

»Warum hat er das getan?« fragte Marie Maas plötzlich streng. »Er war dazu nicht verpflichtet. Womit hat Leila ihn unter Druck gesetzt?«

»Sie konnte ihn mit nichts unter Druck setzen.«

»Das glaube ich nicht. Er ist doch kein Träumer, nicht wahr? Er ist doch ein Realist, oder nicht, Frau Rolf?«

Katja Rolf lehnte sich in dem gelben Polster zurück. Sie kniff die Lippen zusammen, mißbilligend, abfällig. Dann sagte sie:

»Ich nehme an, ein bis zwei Monate nachdem ich Leila mit ihrem Laden sich selbst überlassen habe, wird sie die ersten Rechnungen nicht mehr bezahlt haben. Sie fand die Preise der Hersteller sowieso überzogen und liebte es, Mängelrügen anzustrengen. Sie war pleite. Sie stand vor dem Konkurs.«

»Wir werden die Buchhaltung überprüfen.«

»Tun Sie das. Und jetzt würde ich gerne ins Bett gehen. Wenn Sie mich entschuldigen würden, Frau …«

»Ich danke Ihnen, Frau Rolf«, sagte Marie Maas. »Ich glaube, ich finde allein hinaus. Guten Abend.«

7

Tenzer schlich über den Hansaplatz. Es war inzwischen dunkel geworden. In den Hauseingängen standen Frauen und öffneten ihre Mäntel, wenn er vorbeiging, darunter trugen sie nur wenig mehr als nichts. Tenzer sah nicht hin. Er schleppte sich bis zur Kirchenallee und humpelte bei Rot über die Ampel. Bei »Max und Consorten« war ziemlich viel los. Er hatte heute überhaupt noch nichts gegessen, aber er hatte keinen Appetit auf Spiegeleier und Speck, ihm war speiübel.

Vor dem Hotel »Atlantik« überquerte er das Alsterglacis und ging bis ans Alsterufer. Das Wasser war schwarz wie Öl und gluckste in kleinen Wellen an die Böschung. Die Lichter der Stadt spiegelten sich darin und blinkten wie Sterne. Auf der anderen Seite der Außenalster lag sein Hotel. Er lief nah am Wasser entlang, so konnte ihn niemand sehen in seinem Elend.

Er hatte sich wie ein Anfänger benommen. Er ärgerte sich. Der Hamburger Kiez war eine hermetisch geschlossene Gesellschaft, solange man niemanden kannte. Jeder Fremde wurde weggebissen, bis er sich durchgesetzt hatte. Aber dazu hatte Tenzer keine Zeit. Und kein Geld.

Und das mußte sich möglichst bald ändern.

An der Alsterchaussee bog er links ab und marschierte

hoch zur Rothenbaumchaussee. Gleich hinter der Kreuzung Hallerstraße war ein Fitneßcenter, er kannte es von früher. Er betrat die Eingangshalle und studierte die Tarife. Er zählte sein Kleingeld. Für siebzehn Mark kam man immerhin bis in die Gymnastikhalle. Er ging zurück zum U-Bahnhof Hallerstraße und kaufte sich eine Dose Holsten.

»Holsten knallt am dollsten«, hatte Leila immer gesagt und dabei gelacht. Wenn sie lachte, bekam sie ganz spitze, rote Bäckchen, und ihre Augen wurden kleine Schlitze. Vorbei.

Er kippte das Bier im Stehen und spürte, wie er ganz ruhig wurde. Er wunderte sich, wie gut er den Alkohol vertrug, trotz der langen Abstinenz. Oder vielleicht gerade deshalb.

Vor der Tür strich er seinen Mantel glatt. Über die ausgerissene Tasche legte er einen Arm und betrat das Sportzentrum mit jovialem Lächeln. Der Knabe an der Kasse war in ein Chemiebuch vertieft und sah ihn kaum an, als er die Eintrittskarte rüberschob.

Tenzer nahm sich eine Wechselkabine und legte Mantel, Jackett und Schuhe ab. Dann schlich er in Hemd und Hosen zu den Kleiderschränken. Mit Hilfe seines Taschenmessers hebelte er einen Schrank nach dem anderen auf. Es machte einen Höllenlärm, aber es war ihm egal. Er wußte, daß sich hier niemand darum kümmern würde. Jeder war nur mit sich selbst und seinem Body beschäftigt. Beim dritten Schrank hatte er Glück. In einem Herrenjackett steckte eine pralle Brieftasche. Prall von Rechnungen und Briefen. Geld war keines drin.

Tenzer fluchte. Statt dessen fand sich ein Paß. Das Foto darin war gar nicht so schlecht, ein feister Araber, gottlob noch keine Glatze. Er durchsuchte rasch die Taschen und Hosentaschen. Mochte der Teufel wissen, wo der Kerl sein Bündel Geldscheine hingesteckt hatte. Als er aus dem Duschraum jemanden kommen hörte, steckte er die Brieftasche wieder ordentlich in das Jackett und verriegelte die Schranktür mit dem Markstück, das im Schloßkasten ordnungsgemäß in die dafür vorgesehene Lasche gefallen war. Dann schlich er zurück in seine Wechselkabine.

Eine Sitzung in der Sauna hätte ihm gutgetan, in den Geräteraum zu gehen, hatte er jedoch keine Lust. Er zog sich wieder an und ging zurück zur Kasse.

»So ein Scheißladen, mein Markstück paßt nicht für die Schranktüren«, sagte er zu dem Knaben hinter dem Tresen und baute sich wichtig vor ihm auf. »Ich möchte mein Geld zurückhaben.«

Der junge Mann legte sein Buch beiseite. »Organische Chemie, Teil 1«, stand auf dem Buchdeckel.

»Was ist los?« fragte er.

»Mein Geld, verstehen Sie? Ich will meinen Eintritt zurückhaben. Hier bleibe ich nicht. Außerdem ist es schmutzig im Umkleideraum. Also bitte, ich habe eben siebzehn Mark Eintritt bezahlt.«

»Aber ich kann doch nicht …«

»Du kannst«, sagte Tenzer in einem Ton, der sogar dem dicken Rita vom Hansaplatz Angst eingejagt hätte. Er wollte jetzt so schnell wie möglich in sein Hotelzimmer. Er war müde. Er war kaputt. »Du gibst mir jetzt meine

siebzehn Märker zurück, oder ich schicke euch das Gesundheitsamt auf den Hals, verstanden, Kleiner?«
Der Junge zuckte die Achseln, griff in die Kasse und zählte siebzehn Mark auf den Tisch. Tenzer strich das Geld ein und ließ die Tür kräftig hinter sich ins Schloß fallen.

Marie Maas fand Tomkins Idee, den Schreibtisch ins Wohnzimmer zu rücken, gar nicht so übel. Nach dem Gespräch mit Katja Rolf war sie noch einmal in den Laden im Grindelhof gefahren und hatte alle Geschäftsunterlagen eingepackt, die sie finden konnte. Inzwischen war es nach elf Uhr abends, und sie hatte noch immer nicht den geringsten Überblick über Leilas Finanzen gewinnen können.
Das Fernsehen brachte ein Porträt von einem Hamburger Filmemacher. Die Kommissarin hatte den Ton leise gestellt, aber sie starrte immer öfter auf die Mattscheibe. Gegen halb zwölf rief Tomkin an und sagte, daß er gut nach Hause gekommen war. Daß er jetzt ins Bett ginge und daß seine Liebe ungebrochen ihr ganz allein gehöre. Marie Maas war zufrieden mit sich und ihrem Leben. Trotzdem ging sie in die Küche und holte sich eine große Packung Pfeffernüsse, die Tomkin eingekauft hatte. Er kaufte dieses Zeug immer, aber essen mußte sie es.
Als die Tüte halb leer war und ihr Bauch sich anfühlte wie eine Trommel, hatte sie endlich eine Idee, wie sie sich einen Überblick über das Finanzchaos von Leila Rolf verschaffen konnte. Sie packte sämtliche Belege in einen großen Müllsack und ging ins Bett.

Wilfried Tenzer ging zurück zu seinem Hotel. Er legte sich angezogen aufs Bett und schlief sofort ein.
Zwei Stunden später war er wieder wach. Er spürte, wie eine Verzweiflung ihn packte, die er nur aus der Haft kannte. Niemals war er draußen depressiv gewesen. Früher. Sie hatten ihn kaputtgemacht. Die Scheißjustiz hatte ihn kleingekriegt. Die Bullen und Staatsanwälte und Richter. Diese Klugscheißer.
Er stand auf und lief aus dem Hotel. Es war ihm gleich, was der Typ an der Rezeption ihm nachrief. Der sollte bloß die Klappe halten.
Tenzer lief ziellos durch die geraden, sauberen Straßen von Pöseldorf und Rotherbaum, die gesäumt waren von hübschen, alten Stadtvillen. Die meisten Wohnhäuser hier hatten den Zweiten Weltkrieg heil überstanden, vielleicht hatten die Engländer sich vor ihren Bombenangriffen dieses Viertel als zukünftige Wohngegend ausgesucht. Keinen schlechten Geschmack hatten sie gehabt, die Tommies. Ohne darauf zu achten, war Tenzer in der Oberstraße gelandet. Plötzlich stand er vor dem bekannten Straßenschild und sah Leila vor sich, wie sie hier aus dem Haus trat. In Nummer 111 hatte sie gewohnt. Und Thomas Rolf wohnte noch immer dort.
Die Laternen in der Oberstraße waren antik und gepflegt, wie alles hier im Viertel. Sie sahen aus wie alte Gaslaternen, aber ihr Licht war hell und klar, und in den runden Lichtkegeln, die sie auf das Pflaster warfen, waren die Schatten scharf umrissen.
Tenzer würde Richter Rolf hundertprozentig erkennen, sollte er jetzt zufällig vor ihm auftauchen. Er hatte sich

das Gesicht damals ganz genau eingeprägt. Rolf hingegen erinnerte sich bestimmt nicht mehr an ihn. Ein kleiner Ganove, im Schnellverfahren abgeurteilt, und ein kühler, junger Strafrichter voller Prinzipien, nur wenig älter als er, Tenzer, damals. Nur daß dieser Richter dann eine steile Karriere machte und Tenzer nie wieder richtig auf die Beine kam. Eine kleine Unterschlagung, und sein ganzes Leben war verpfuscht. Wie höhnisch hatte Richter Rolf ihn beobachtet, während der Staatsanwalt die Anklage vortrug. Geld aus der Kasse nehmen, pfui, so etwas tut man doch nicht.

Siebenundzwanzig Jahre alt war Tenzer damals gewesen. Mit zweiundzwanzig hatte er Gudrun geheiratet, kurz nacheinander kamen die beiden Kinder, Jan und Friedrike, heute waren sie erwachsen und wollten nichts von ihm wissen. Dann bekamen die jungen Eheleute ein Haus geschenkt von den Schwiegereltern. Einen alten, großen Kasten, den sie herrichten sollten für die ganze Großfamilie. Die Schwiegereltern überschätzten Tenzers Gehalt und seine Fähigkeiten ebenso wie Gudruns Sparsamkeit. Die jungen Leute nahmen mehrere Kredite auf, ließen umbauen, ausbauen, renovieren, kauften Möbel und Gerätschaften, bis die Raten plötzlich das ganze Gehalt auffraßen. Da fing Tenzer an, in die Kasse zu greifen. Erst wenig, vorsichtig. Er war in der Buchhaltung in einem Autohandel, ein Riesenladen mit Millionenumsätzen. Es gab Schwarzgeldkonten und Bestechungsaffären, Tenzer glaubte, ihm könne niemals jemand etwas anhaben, der selbst soviel Dreck am Stecken hatte. Zwei Jahre lang fielen seine Privatgeschäfte nicht auf. Die Schwiegereltern zogen oben im Haus ein und waren glücklich, die junge Familie zu ihrer Verfügung zu wissen. Gudrun mußte bei ihnen putzen, und am Wochenende schufteten sie im Garten – Tenzer fing an zu trinken. Das verringerte seinen Geldbedarf nicht gerade, und vorsichtiger wurde er dadurch auch nicht. Bis ihn der Chef eines Tages auf frischer Tat ertappte. Drei Tausendmarkscheine hielt er in der Hand. Es gab überhaupt keine Ausrede, nichts. Er konnte nur noch gestehen.

Der Chef erstattete Anzeige. Tenzer legte vor Gericht offen, was alles schieflief in dem Geschäft, man wollte Folgeverfahren eröffnen. Er hörte nie wieder etwas davon. Er wurde verurteilt zu fünfzehn Monaten Haft wegen schwerer Veruntreuung und Urkundenfälschung. Er hatte für die Firma Steuerunterlagen geschönt. Das war erst recht unverzeihlich. Während der Haft ließ Gudrun sich von ihm scheiden. Sie hatte einen anderen kennengelernt, einen Ingenieur, der schwer verdiente. Er konnte das Häuschen für die Großfamilie ohne zu stehlen erhalten. Er war nicht so ein Versager wie Tenzer. Er war ein Gewinner. Immer gab es Gewinner und Verlierer, wie beim Mensch-ärgere-dich-nicht. So hatte Tenzer es sich zurechtgelegt in den langen Monaten seiner Haft.

Als er entlassen wurde, hatte er eine Menge dazugelernt. Er hatte einen Kumpel kennengelernt, der mit genialen Fälschern zusammenarbeitete. Halbe-halbe, hatten sie vereinbart, so sollte Tenzer ins Geschäft einsteigen. Tenzer war fähig, mit Schlips und Kragen zu arbeiten, das war sein Kapital. Die meisten Ganoven sahen aus wie verkleidet, wenn man sie in einen Maßanzug steckte. Nicht so

Tenzer. Er war der ideale Betrüger. Vier Jahre lang ging alles gut. Regelmäßig bekam er Euroschecks und andere Wertpapiere geliefert, die er in den Geldinstituten einlöste. Er reiste ständig quer durch Europa. Alles klappte wie vereinbart. Niemals ging irgend etwas schief. Es wurde pünktlich geliefert, er gab pünktlich seinen Anteil ab. Es war ein Leben fast wie früher, als er regelmäßig in den Autohandel ging und seine Arbeit tat. Nur daß er auf diese Weise sehr viel mehr Geld verdiente und vollkommen unabhängig war. Er arbeitete etwa eine Woche im Monat, und dann setzte er sich ab und flog in den Süden. Am liebsten an die Côte d'Azur, wo er sich eines Tages ein kleines Häuschen kaufen wollte, vielleicht mit einer Bar oder einer kleinen Boutique dabei.

Das waren seine Pläne gewesen mit Leila.

Leila hatte Tenzer in einer Bankfiliale in Hamburg am Eppendorfer Baum kennengelernt. Er war gerade dabei, zwanzig gefälschte Reiseschecks einzulösen, und der Bankangestellte ließ ihn lange am Schalter warten. Um seine Nervosität zu bekämpfen, begann Tenzer ein Gespräch mit der Kundin, die hinter ihm wartete. Das war Leila. Nachdem ihm sein Geld ausgehändigt worden war, lud er Leila in das Café nebenan ein, um seinen Erfolg zu feiern – sie wußte natürlich nicht, welcher Art sein Erfolg war, aber sie feierte einfach mit ihm. Von da an waren sie zusammen, jeden Tag, Tag und Nacht. Es war, als wären zwei Teile eines Ganzen endlich zueinandergekommen. Leila, die sich vom Leben betrogen fühlte, die weggegangen war aus ihrer Heimat, um die große weite Welt kennenzulernen, und statt dessen bei einem vertrockneten, neurotischen Richter in einer sterilen Hamburger Villa unter der ständigen Aufsicht einer eifersüchtigen, überdrehten und mißgünstigen Schwägerin gelandet war. Die hungrig war nach dem Leben, nach Abenteuern und Reisen und Abwechslungen, die völlig unmoralisch und sehr experimentierfreudig war, dabei unkonventionell und frei. Seine Leila, die mit ihm durch dick und dünn ging, mit der man Pferde stehlen konnte und die er geliebt hatte, wie er noch nie eine Frau geliebt hatte.

Irgendwann fing Tenzer an, ihr zu erklären, wovon er lebte. Leila war gelehrig und verstand schnell, worum es ging. Aber dann passierte diese Sache in Frankfurt, er wurde geschnappt und zu dreieinhalb Jahren Haft verurteilt. Leila erfuhr es aus der Presse. Er hatte sich nicht bei ihr melden wollen.

Sie hielt zu ihm, schrieb ihm täglich und besuchte ihn in Butzbach. Sie hatte sogar ihren Mann um Hilfe für ihn gebeten, Thomas Rolf, inzwischen Richter am Hanseatischen Oberlandesgericht. Der hatte daraufhin die Scheidung eingereicht. Eine klare, eindeutige Antwort.

Im Hause Oberstraße 111 sprang die Treppenhausbeleuchtung an. Ein Schatten stieg das Treppenhaus hinunter, ein großer, kräftiger Mann in langem Regenmantel trat vor die Tür. An einer schmalen Lederleine lief ein Rauhhaardackel und steuerte sofort auf die erste Laterne zu. Der Mann schenkte Wilfried Tenzer keine Aufmerksamkeit, genausowenig sein Dackel. Tenzer drückte sich in das Gebüsch des Innocentiaparks.

Der Mann war nicht Richter Rolf.

8

Der Chef nickte unmerklich mit dem Kopf und winkte ganz kurz mit dem Zeigefinger, als Zeichen, daß Matthias Laurenz Jessen hereinkommen und Platz nehmen sollte. Er nahm weder die Füße von seinem Teakholzschreibtisch, noch unterbrach er das Telefonat, das er auf Englisch führte. Er klemmte den Telefonhörer zwischen Ohr und Schulter und blätterte in der Akte, deren Kante er unter seine rechte Wade geklemmt hatte. Auch die alten Römer hatten die wichtigsten Gespräche im Liegen bei üppigen Mahlzeiten erledigt. Üppige Mahlzeiten fehlten allerdings in Bernd Idens Programm. Er war kein passionierter Esser. Essen langweilte ihn.

Jessen nahm auf der vorderen Stuhlkante Platz und versuchte, zuzuhören und zu verstehen. Sein Englisch war perfekt, aber das seines Chefs war eine einzige Abfolge von Fachbegriffen aus Seefahrts- und Versicherungslatein. Wenn er richtig verstand, ging es um eine beschädigte Verladerampe, um einen unfähigen Hafenamtsmeister und um mehrere hunderttausend Dollar. Jessen starrte auf die Stiche von Segelschiffen an der Wand über der Seemannskiste. Er kannte sie schon in- und auswendig. Er betrachtete die Landkarte, die über dem Sideboard hing. Ein Kupferstich, eine Karte vom nördlichen Eismeer, ca. 1870. Auf der Fensterbank Reedereifähnchen auf ihren Ständern. Dänemark und Neuseeland. Als Kind hatte er Flaggen gesammelt, sein Vater brachte sie ihm immer von seinen Reisen mit. Für seine Schwestern gab es Andenken aus fernen Ländern, Püppchen, Decken und Kleider. Der Sohn aber sollte von Kindesbeinen an auf die Seefahrt geeicht werden. Bevor er eine einzige Landkarte gesehen hatte, hatte sein Vater ihm schon alle Seekarten der Welt gezeigt. Sein Vater war Kapitän und fuhr die großen Frachter der Welthandelsflotte, heute Containerschiffe für Hapag-Lloyd. Auch jetzt war er gerade wieder auf dem Weg in den Pazifik.

Matthias hatte nach dem Abitur seinen Wehrdienst bei der Marine absolviert, war drei Jahre als Leichtmatrose zur See gefahren und hatte dann in Plymouth Seerecht studiert. Aber Kapitän war heute kein Beruf mit Zukunft mehr. Die deutschen Schiffe wurden ausgeflaggt, von ausländischen Firmen gechartert und mit Billiglohn-Mannschaften betrieben. Mannschaft, Kapitän und Reederei sprachen immer seltener dieselbe Sprache, das Babylon an Bord führte zu schweren Seefahrtsunglücken. Matthias hatte sich mehr und mehr auf die Juristerei konzentriert und war nicht unglücklich darüber, gleich nach dem Studium bei Bernd Iden, einem Hamburger Marinebroker, eine Chance zu bekommen. Hier konnte er ein einträgliches Gewerbe von der Pike auf lernen. Und lernen konnte Matthias Laurenz Jessen.

»Schöner Mist, was da in Rio passiert ist«, sagte Iden.

Er hatte den Telefonhörer aufgelegt, der Apparat blinkte schon wieder. Barbara würde das Gespräch annehmen und wahrscheinlich selbst erledigen. Barbara war Bernd

Idens Frau, aber das wußte kaum jemand. Die beiden ließen es sich nicht anmerken.

»Tut mir leid, daß Sie es gleich zu Anfang so dicke kriegen«, fuhr Iden fort. »Aber ich vertrete die Ansicht: Schwimmen lernt man am besten im Wasser. Was meinen Sie?«

Jessen nickte vage.

»Ich frage mich nur, was da überhaupt passiert ist.«

»Was passiert ist«, sagte Iden und beugte sich ganz weit über den Schreibtisch. Sein Gesicht hatte etwas Füchsisches, es war schmal und braungebrannt, es hätte das Gesicht eines Bergführers sein können, durchtrainiert und wachsam, oder das eines Sportlers. Den Schreibtischhocker sah man ihm nicht an. »Was passiert ist, lieber Matthias, ist auf jeden Fall nicht unser Problem. Verstehen Sie?«

Jessen lächelte unsicher.

»Erste Lektion: Wir leben davon, daß etwas passiert.«

»Ah ja. Ehrlich gesagt ...«

»Das ist ein Spruch, den können Sie sich auch gleich abgewöhnen«, fiel Iden ihm ins Wort.

»Oh, Entschuldigung.«

»Auch mit Entschuldigungen haben wir in unserem Gewerbe nicht viel am Hut. Vergessen Sie Ihre gute Erziehung, Jessen. Wir sind hier nicht bei Gericht. Wir sind auch kein Anwaltsbüro und noch weniger die Kripo. Wir sind natürlich an die Gesetze gebunden, vor allem an die Bundesversicherungsordnung. In erster Linie aber sind wir an unsere Kunden gebunden. Und wir sind gnadenlos parteilich. Verstanden?«

»Ja.«

»Wir wollen Geld verdienen, nicht der Wahrheit letzten Schluß ergründen. Und wir haben in der Regel starke Gegner. Sie machen ja ein komisches Gesicht.«

»Nein, gar nicht. Ich verstehe Sie ganz genau, Chef.«

»Fein. Das hört sich schon besser an. In einer Viertelstunde kommt jemand von der Reederei und so ein Knirps von der Lieferfirma. Der Zwischenhändler ist spurlos verschwunden. Wen wundert's. Also, präparieren Sie sich. Barbara?« Iden beugte sich über seine Gegensprechanlage. »Kommst du gleich noch mal rüber? Einen Brief schaffen wir noch.«

9

»Wenn du mir schnell die Beträge diktierst, können wir es sofort machen«, meinte Britt, und das war wirklich ein freundliches Angebot der Steuerberaterin, die immer, das ganze Jahr über, bis über beide Ohren in der Arbeit steckte. »Los, setz dich hin.«

Britt war Ende Vierzig und hatte sich vor zehn Jahren selbständig gemacht. Da sie vor ihrer Ausbildung zur Steuerberaterin als Kellnerin gejobbt hatte und lange Zeiten für zwei, nämlich für einen luxuriösen Künstler-Mann und sich selbst hatte sorgen müssen, kannte sie so ziemlich alle und jeden, die in Ottensen Alkohol ausschenkten. Und diese übertrugen ihr nun nach und nach nicht nur ihre Steuererklärungen, sondern versorgten sie auch freundlichst mit kleinen Aufmersamkeiten.

»Willst du einen Metaxa? Oder lieber einen Schluck Tequila? Ich habe sogar Mescal da, mit Wurm! Frisch aus Mexico City, hat mir Joe mitgebracht, du weißt doch, der, der jetzt die Gastronomie in der ›Motte‹ macht. Früher hat er mit mir im ›Vogel‹ gekellnert. Mann, das waren Zeiten.«

Marie Maas langte tief in den Müllsack und beförderte mit beiden Händen Papiere auf den Schreibtisch.

»Was für eine Sauerei«, brummte Britt, fischte ein Kassenbuch aus dem Haufen und suchte die letzte Eintragung. »Elfter Mai vergangenen Jahres. Na, prost Mahlzeit. Also, was willst du trinken?«

»Am liebsten wäre mir eine Tasse Kaffee«, sagte Marie Maas, die noch nicht einmal richtig gefrühstückt hatte. »Und ich müßte auch dringend mal im Büro anrufen und Bescheid sagen, daß ich später komme.«

»Toilette ist um die Ecke, die erste Tür rechts«, murmelte Britt und versank zwischen den Zetteln. Flink wieselte sie durch die Papiere und sortierte sie in verschieden große Haufen. Telefonrechnungen, Benzinquittungen, Hotelrechnungen, Lieferanten- und Lagerscheine, alles fand in Windeseile zueinander. Dann zog Britt die Rechenmaschine zu sich heran und erwachte sekundenlang aus ihrer Trance.

»Bist du immer noch da? Wolltest du nicht zum Klo?«

»Nein, ich wollte telefonieren«, sagte Marie Maas.

»Ach so, ja. Sag doch bei der Gelegenheit Isa Bescheid, damit sie uns Kaffee macht. Und sei so gut und laß mich arbeiten.«

Respektvoll schlich die Kommissarin aus dem Zimmer.

»Herr Jalkov von der Reederei läßt sich entschuldigen, sein Flug wurde abgesagt. Der nächste geht erst heute abend«, begann Bernd Iden die Unterredung. Nachdem er vor zehn Minuten darüber informiert worden war, wer wirklich anrücken würde, hatte er Ivan Jalkov in seinem Hotel angerufen und empfohlen, ihn fürs erste allein verhandeln zu lassen. Auch Jessen war in die zweite Reihe getreten.

Die Herren waren vom Zollamt, von der Kripo, und der

dritte, ein kahlköpfiger Typ im grauen Anzug, war Rechtsanwalt Schleif, den der Käufer in Rio beauftragt hatte, in Hamburg herauszufinden, wo seine vermißte Ware steckte.

Bernd Iden lag wie immer im Schalensitz vor seinem Schreibtisch, hatte die Füße jedoch diesmal nicht auf die Schreibtischplatte gelegt, sondern stützte sie diskret auf dem Papierkorb darunter ab. Barbara Iden lehnte in der offenen Tür, um zwischendurch rasch ans Telefon gehen zu können, sollte es klingeln. Matthias Laurenz Jessen saß auf der Seemannskiste gegenüber vom Eismeerstich und ließ die Beine baumeln.

Statt zwei Containern mit hochwertigen Präzisionsgeräten der Schweizer Firma Temporex für den Kraftwerkbetrieb waren in Rio zwei Container mit völlig wertlosem Eisenschrott gelöscht worden.

»Wir haben die Zollkontrollen in den letzten Monaten an allen Punkten verstärkt, trotzdem können wir unmöglich in jeden Container sehen, der rausgeht. Das ist doch klar«, sagte der Vertreter der Zollbehörde. »Hier sind übrigens die Kopien der Packlisten und Gewichtsbescheinigungen, die uns durch den Verkäufer, Herrn Markus Wagner aus Mainz, überreicht wurden.«

»Fakt ist doch, daß das Konnossement ordnungsgemäß von der Reederei gegengezeichnet wurde«, begann Anwalt Schleif. »Mein Mandant hatte extra darauf hingewiesen, daß die Geräte in Rio dringend erwartet werden. Den durch den Zeitverlust entstandenen Schaden können wir zur Zeit noch gar nicht beziffern, aber er wird erheblich sein.«

»In der Regel können die Kapitäne unseres Kunden ganz gut die Frachtpapiere lesen. Aber sie sehen natürlich nicht, was in den Containern drin ist«, sagte Iden. »Sie haben ja keine Röntgenaugen.«

»Die Reederei haftet für alles, was auf dem Schiff passiert«, entgegnete der Anwalt. »Mein Mandant hat schließlich keine Kontrolle darüber, was unterwegs alles auf- und abgeladen wird.«

»Solange das Gegenteil nicht bewiesen ist, müssen wir davon ausgehen, daß auf dem Schiff nur die Container auf- und abgeladen wurden, die in den Frachtpapieren verzeichnet waren. Alles andere wäre eine Unterstellung. Wir wehren uns auf das entschiedenste dagegen«, erklärte Iden.

»Sie haften doch wohl für eine Fehlbeladung!«

»Mal langsam«, sagte Iden. »Es gilt immer noch die Regel: Lieferung ›free on board‹, das heißt, der Lieferant haftet für die Ware, bis sie an Bord ist. Von da an haftet der Käufer.«

»Ich bezweifle, daß die Partie an Bord geblieben ist!«

»Was zu beweisen wäre –«

»Nicht wir müssen das beweisen, sondern die Reederei! Sie hat die Frachtpapiere abgezeichnet, nicht wir.«

»›Said to contain‹ heißt die Formulierung«, sagte Iden. »Wissen Sie noch, was das heißt, Herr Schleif?«

»Meine Herren, so kommen wir sicher nicht weiter.« Die Stimme des Kripobeamten besänftigte die aufgebrachten Parteien. »Es besteht unserer Meinung nach die Möglichkeit, daß es sich um einen geschickten Betrug handelt.«

Bernd Iden warf einen auffälligen Blick auf seine Armbanduhr.
»Wir sind allerdings mit unseren Ermittlungen noch nicht so weit gediehen, daß sich Genaueres darüber sagen ließe.«
»Ganz gewiß handelt es sich um Betrug«, sagte der Anwalt. »Und um Bestechung, um genau zu sein.«
»Wie meinen Sie das?« fragte der Mann vom Zoll scharf.
»Sie wissen genau, wovon ich rede.«
»Meine Herren«, sagte Iden. »Ich muß Sie leider bitten ...«
»Auch meine Zeit ist begrenzt«, sagte der Anwalt.
Die Herren erhoben sich.
»Ich denke, wir bleiben in Verbindung?« fragte Iden in die Runde.
»Mit Sicherheit«, sagte der Anwalt. »Sie werden von uns hören.«

Wilfried Tenzer hatte sich am Morgen von seinem schäbigen Koffer verabschiedet und alle Kleidungsstücke, die er besaß, übereinandergezogen. Die Kulturtasche verpackte er in einer Plastiktüte von Karstadt. So verließ er gegen zehn Uhr das Hotel am Mittelweg, nicht ohne an der Rezeption noch einmal freundlich zu grüßen. Die Herrschaften würden ihren Verlust verschmerzen. Er hingegen konnte sich die Hotelrechnung von mehreren hundert Mark einfach nicht mehr leisten.
Er verkniff sich ein Taxi und nahm den Bus Richtung Stephansplatz. Den zerrissenen Mantel hatte er notdürftig mit Leukoplast geflickt. Er mußte ihn dringend ein-

tauschen. Er trank ein kleines Bier am Dammtor. Leider hing an der Garderobe nicht ein einziges Kleidungsstück zum Tausch. Die drei Männer, die am Tresen lehnten, hatten ihre Lederjacken beziehungsweise ihren Trenchcoat anbehalten. Tenzer schwitzte in seiner doppelten Kleiderschicht und trabte weiter Richtung Innenstadt.
Gegen elf Uhr eröffnete er auf den Namen des sportlichen Göran Aizan aus Damaskus ein Konto bei der Nordhypo-Bank am Gänsemarkt und zahlte großzügig fünfzig Mark ein. Kein Mensch bezweifelte seine syrische Abstammung. Er machte sich nicht einmal die Mühe, sein akzentfreies Hochdeutsch zu verbergen. Was bedeutete heutzutage schon ein Paß?
Dann tauschte er die Plastiktüte gegen eine kunstlederne Umhängetasche, ein typisches Herrenaccessoire, ein und flirtete eine Weile mit der Bedienung am Kaffeeausschank bei Tchibo am Gänsemarkt. Die Hoffnung, auf diese Art eine kostenlose Unterkunft für die Nacht oder für einige weitere Nächte zu finden, konnte er jedoch gleich begraben. Auch bei Frauen mußte man erst investieren, ehe man kassieren konnte. Er versuchte, nicht an den Abend zu denken.
Gegen Mittag hatte er plötzlich die Visitenkarte von Matthias Laurenz Jessen in der Hand. Sie steckte in der Tasche seines Jacketts. *Iden, Schiffsversicherungen, P & I, Dammtorstraße 11, 5. Stock,* las er. Er war in der Dammtorstraße. Er stand vor der Staatsoper und starrte auf die Schautafeln.
Er ging weiter Richtung Stephansplatz, vorbei an der alten Apotheke, vorbei an einem Buchantiquariat, einem

Optiker. *Bernd Iden, Marinebroker,* stand auf einem Messingschild neben dem Eingang.
Tenzer überlegte nicht lange. Er lief über die Straße und betrat die Hauptpost. Rechts neben der Tür ging es ein paar Stufen hinunter zu den Telefonkabinen. Er warf eine Münze in einen Apparat und wählte. Nach zwei Freizeichen meldete sich eine resolute Frauenstimme.
»Schiffsversicherungen, P & I, Iden. Guten Tag.«
»Alfredi. Guten Tag. Ich würde gern mit Herrn Jessen sprechen, ist das möglich?«
»Augenblick bitte.«
Tenzer hing einen Moment lang in der Leitung. Er konnte vom Souterrain aus die gegenüberliegende Straßenseite sehen, Dammtorstraße 11. Bis in den 5. Stock reichte sein Blick allerdings nicht.
»Schiffsversicherungen, P & I, Jessen, guten Tag. Was kann ich für Sie tun?«
»Wie wäre es mit einem Drink im ›Elysée‹?« sagte Tenzer und versuchte, seine Stimme leicht und heiter klingen zu lassen. »Erinnern Sie sich?«
»Ah ja«, sagte Jessen, aber er hörte sich nicht sehr erfreut an. »Ich erinnere mich. Sind Sie immer noch in Hamburg?«
»Ja, Geschäfte. Es geht leider nicht alles so schnell, wie ich gehofft hatte. Ich dachte, Sie leisten mir vielleicht ein bißchen Gesellschaft.«
»Also im Augenblick bin ich leider ... hier sind ein paar Angelegenheiten zu klären ... ich weiß noch nicht, wann ich heute rauskomme.«
»Nehmen Sie sich einfach die Zeit«, sagte Tenzer. Jetzt

klang seine Stimme wirklich beschwingt. Die Aussicht auf ein kleines, dummes Gespräch mit dem jungen Mann munterte ihn auf. Außerdem reizte es ihn immer, andere zu etwas zu überreden, was sie eigentlich nicht wollten. »Wer weiß, vielleicht kann ich Ihnen sogar helfen. Unter Freunden, versteht sich. Ich kann zum Beispiel gut zuhören.«

»Okay, vielleicht komme ich nachher vorbei. Aber versprechen kann ich nichts.«

»Machen Sie das, junger Mann. Wissen Sie was? Ich lade Sie zum Lunch ein. Ich bestelle uns einen Tisch in der Brasserie, dort gibt es mittags vortrefflichen Lobster. Das möbelt Sie wieder auf. Also, abgemacht? Sagen wir, um vierzehn Uhr im ›Elysée‹?«

»Na gut«, sagte Jessen.

»Die gute Leila Rolf kann sich getrost einen Strick nehmen«, sagte Britt und schenkte sich ihren großen Becher randvoll mit Kaffee. Sie hatte geschlagene zwei Stunden in ihrem Zimmer gehockt, während Marie Maas es vorgezogen hatte, bei Ike im Vorzimmer zu bleiben und die Zeitungen zu studieren. In allen Blättern war der Aufmacher der »Mord im Grindel«.

Boutiquenmörder schon gefaßt? lautete die dickste Schlagzeile. Geschäftsinhaber, deren Läden vor oder hinter Baustellen lagen, wurden befragt und in Panik versetzt. Die Ladeneinbrüche der letzten vierundzwanzig Monate wurden aufgezählt, die Frauenmorde der vergangenen zehn Jahre und die Haftentlassungen aus verschiedenen deutschen Strafanstalten der letzten achtundvierzig Stunden beziffert. Mit Rücksicht auf Richter Rolf hatte man bisher nur die Initialen des Namens der Toten genannt.

»Das ist ihr leider nicht mehr möglich«, antwortete Marie Maas. »Leila Rolf ist am Freitag abend ermordet worden.«

»Ach du Schreck. Gut, daß ich das nicht wußte«, sagte Britt. Sie zeigte auf die Schlagzeilen. »Ist sie das etwa?«

Die Kommissarin nickte.

»Warum hätte sie sich einen Strick nehmen sollen?«

»Zumindest hätte sie umgehend Konkurs anmelden müssen. Sie war reif.«

»Ist das ganz eindeutig?«

»Sie hat mit ihrem Laden nur gerade so die Miete hereingebracht. Sie hat seit einem halben Jahr keine Lieferantenrechnungen mehr bezahlt. Das ist nun wirklich die sicherste Methode, um aus so einem Geschäft ein für allemal herauszufliegen. Wenn sich das in der Branche herumspricht, bekommt sie von niemandem mehr Ware geliefert, verstehst du?«

»Warum hat sie denn nicht bezahlt – ich meine, geht das auch aus den Unterlagen hervor?«

»Ich bin Steuerberaterin, liebe Marie. Ich kann eine Bilanz lesen, kann auch eine erstellen, ich möchte mal behaupten, ich beherrsche die Grundlagen der doppelten Buchführung. Hellseherei hingegen ist nicht mein Metier. Brauche ich normalerweise auch nicht. Du wahrscheinlich schon eher.«

»Also gut. Leila Rolf war demnach in den roten Zahlen.«

»Rot kann man die schon gar nicht mehr nennen. Ihr Bankkonto war inklusive Dispo mit dreißigtausend Mark überzogen. Auf dem Sparbuch steht eine müde Mark. Die

Lebensversicherung ist beliehen, die Miete für das Ladengeschäft seit drei Monaten nicht bezahlt. Spätestens am nächsten Ersten wäre sie geräumt worden. Das geht ganz flink bei Gewerberäumen. Von seiten der Lieferanten wurden mindestens drei Mahnverfahren betrieben, in einem Fall wurde bereits vollstreckt.«

»Aber wovon hat sie denn dann gelebt?«

»Das frage ich mich auch. Auf ihrem Konto geht regelmäßig ein Betrag von eintausendfünfhundert Mark ein. Auftraggeber ist ein Herr Thomas Rolf. Ist das ihr Exmann?«

»Ja.«

»Na, den hatte sie ja gut im Griff. Er überweist auch die Miete für ihre Wohnung in der Rutschbahn. Manchmal hat er sogar die Telefonrechnung bezahlt.«

»Hat sie denn im Laden überhaupt nichts verkauft?«

»Sie hat kein Kassenbuch geführt. Sie hat die Einnahmen einfach ins Portemonnaie gesteckt und wieder ausgegeben. Im letzten Jahr gibt es noch ein paar Bareinzahlungen auf ihr Bankkonto. Mal fünfhundert Mark, mal tausend, mal zweihundert. Ich nehme an, das waren Geschäftseinnahmen. Das hört dann abrupt auf. Ihre Kosten hingegen steigen kontinuierlich. Friseur, Bahnreisen, immer nach Frankfurt beziehungsweise Butzbach. Hat sie da diesen Freund im Gefängnis besucht?«

»Du hast ja intensiv die Zeitungen gelesen, Britt. Ja, er hat in Butzbach gesessen.«

»Und wo ist er jetzt?«

»Wir wissen es nicht.«

»Mein Gott, wenn man sich das vorstellt, der kommt

gerade aus dem Knast, und dann bringt er gleich seine Freundin um ...«

»Es ist bisher nur ein Verdacht.«

»Klar, ich verstehe schon. Aber man macht sich ja so seine Gedanken.«

»Gibt es Hinweise auf irgendeinen anderen Kostenfaktor, Britt? Hat sie irgendwohin Geld überwiesen oder von irgendwoher Geld erhalten, ist dir etwas aufgefallen?«

»Sie hat von nirgendwoher Geld erhalten, außer von Thomas Rolf.«

»Aber das heißt doch, daß sie eine ganze Menge Klamotten verkauft haben muß, wenn sie gleichzeitig so viel mehr ausgegeben hat, als sie eingenommen hat.«

»Nach Adam Riese ja. Oder daß sie irgendwo ein Bargelddepot hatte, das sie langsam geplündert hat. Letztlich müßte man eine Inventur machen in ihrem Geschäft, um den tatsächlichen Umsatz festzustellen.«

»Das heißt, sämtliche Pullover und so zählen?«

»Genau. Auf jeden Fall hat sie Unmengen Steuern hinterzogen«, meinte Britt, und ihr Blick wurde träumerisch. »Aber das ist jetzt wohl egal.«

»Auf jeden Fall vielen Dank, Britt. Ich revanchiere mich bei Gelegenheit.«

»Da nicht für«, sagte Britt und trank ihren Kaffeebecher in einem Zug leer.

10

Tenzer setzte sich an die Bar und bestellte ein Bier. Die Kellnerin hinter dem Tresen war leider nicht dieselbe wie am Samstag. Sie sah humorlos aus, und Tenzer starrte gelangweilt in sein Glas.

Kurz vor halb drei tauchte Jessen auf. Er setzte sich neben Tenzer an den Tresen und reichte ihm die Hand. Ein fester, trockener Händedruck.

»Finde ich prima, daß Sie wirklich kommen«, sagte Tenzer. »Jetzt erzählen Sie mir mal, wo Sie der Schuh drückt, und dann sehen wir, wie wir die Sache nach Hause rudern. Wie es aussieht, mache ich hier in Hamburg Abschlüsse wie noch nie, ich habe Grund zum Feiern, aber niemanden, der es mit mir tut. So kann es einem gehen, wenn man Erfolg hat.«

»Was verkaufen Sie eigentlich?« fragte Jessen ohne Interesse. »Ich habe es ganz vergessen.«

»Macht nichts.« Tenzer klopfte Jessen freundschaftlich auf die Schulter, zahlte sein Bier und schob den jungen Mann aus der Bar in Richtung Restaurant. Ein Ober in schwarzem Frack und roter Weste brachte sie zu ihrem Tisch und reichte ihnen die Speisekarten.

»Ich kaufe und verkaufe alles, was ich in die Hände kriege. Ich bin ein echter Basarhändler, verstehen Sie? Mein Vater war Levantiner, dem lag das Handeln im Blut, das hat er mir vererbt wie seinen Namen Alfredi. Meine Mutter, meine liebe Mutter, war Deutsche. Sie kam aus dem Taunus. Ich bin in einem kleinen Kaff in der Nähe von Frankfurt groß geworden. Leider. Mich hat es immer nach Hamburg gezogen, an die Küste. Schiffe, Seefahrt, das ist doch das einzig wahre Leben. Sie haben wirklich die richtige Branche gewählt, also, ich beneide Sie um Ihren Beruf. Marinebroker, das klingt nach großer, weiter Welt. Bitte, natürlich nehmen wir einen Aperitif«, wandte Tenzer sich an den Ober. »Was nehmen Sie, Herr Jessen? Darf ich Champagner vorschlagen? Bringen Sie uns eine Flasche Moët Chandon, Herr Ober. Und dann die Krabbensuppe als Vorspeise. Ist Ihnen das recht, Herr Jessen?«

Matthias Laurenz Jessen nickte und klappte die Speisekarte zu.

»Und danach bringen Sie uns bitte den Lobster, ist der gebacken oder gekocht?«

»Gebacken«, sagte der Ober und nahm die beiden Speisekarten an sich. »Möchten Sie Beilagen dazu?«

»Salat, bitte«, sagte Tenzer. »Und für Sie?« wandte er sich an Jessen. »Ach, bringen Sie einfach einen großen Salat. Lebendig gebacken schmecken die Dinger am besten«, fuhr er fort, als der Ober verschwunden war. »Das werden Sie gleich merken. So machen es die Bretonen, und die kennen ihre Hummer ja nun wirklich. Einfach rein mit dem Ding in den Backofen und volle Pulle. Die Hausfrau verläßt dabei am besten die Küche, denn das Gekrabbel im Backofen könnte ihr sonst das Herz brechen. Aber in kochendem Wasser zu landen ist sicher auch kein besonderes Vergnügen. So, nun erzählen Sie mal, Herr Jessen, was Sie bedrückt.«

Jessen wartete ab, bis der Ober den Champagner geöffnet und eingeschenkt hatte. Er prostete Tenzer zu.

»Ich fürchte, ich befinde mich gerade mitten in einem Kriminalfall.«

»Ach nein.« Tenzer stellte sein Glas auf den Tisch zurück. Er spürte, wie sein Herz für einen Augenblick aussetzte. Sollte er sich so in dem Jungen getäuscht haben?

»Ja, das ist wirklich ein Ding. Sie müssen wissen, ich bin ja erst seit drei Monaten wieder in Hamburg, und es ist mein erster Job so richtig in der Praxis. Von der Seefahrerei abgesehen.«

»Klar«, sagte Tenzer, war sich aber noch nicht ganz sicher, was Jessen meinte.

»Ich habe im Sommer mein Examen in Plymouth gemacht und habe dann hier bei Iden den Vertrag bekommen. Ein halbes Jahr Probezeit. Meinen Sie, das macht einen schlechten Eindruck, wenn es mit der ersten Police, die ich abschließe, gleich Ärger gibt?«

»Ein Schadensfall?«

»Das wissen wir noch nicht. Hören Sie zu, das ist so.«

Die Suppe wurde serviert. Zwei grasgrüne Schalen mit blaßrosa Krabbencremesuppe, von Sahnehäubchen gekrönt und mit Kresse garniert, wurden ihnen vorgesetzt. Dazu gab es getoastetes Weißbrot. Tenzer begann langsam zu löffeln.

»Unser Kunde, eine Reederei in Murmansk, hat ein neues Schiff versichern lassen, das am einundzwanzigsten

November ausgelaufen ist mit voller Fracht nach Rio de Janeiro. Er hatte Stückgut dabei und Container, die Route ging von Hamburg über Rotterdam direkt nach Rio. Am letzten Donnerstag lief das Schiff um neun Uhr morgens MEZ in Rio ein. Noch ehe alle Partien gelöscht waren, bekam der Kapitän einen Anruf vom Zoll. Zwei Container waren falsch deklariert. Statt hochwertiger Präzisionsgeräte, Hygrometer für den Kraftwerkbetrieb im Werte von mehr als einer halben Million US-Dollar, befanden sich darin rostige Eisenrohre – nichts als Schrott. Der Käufer weigerte sich natürlich, die Ware anzunehmen, man beschuldigte den Kapitän, die Container falsch geladen zu haben, und will die Reederei regreßpflichtig machen. Der Schaden ist noch nicht beziffert, aber er wird immens sein, weil die Geräte dringend gebraucht werden. Jeder Tag zählt. Mit Müh und Not konnten wir verhindern, daß das Schiff unter Arrest kam. Dabei sind alle Dokumente in Ordnung, die Frachtpapiere, die Bill of Lading, die Ausfuhrerklärung. Nur die richtige Ware war nicht an Bord. Und keiner weiß, wo sie ist, wo man sie suchen soll.«

Tenzer hatte seine Suppe ausgelöffelt und tupfte sich die Lippen mit der Serviette ab. Er nahm einen Schluck Champagner und prostete Jessen zu.

»Aber essen Sie doch bitte, die Suppe ist hervorragend. Der Ganove, der Sie da an der Nase herumgeführt hat, ist wirklich ein Könner. Hat er das Akkreditiv schon eingelöst?«

»Wie bitte?« Jessen legte den Löffel wieder hin. »Welches Akkreditiv?«

»Das Bankakkreditiv. Ich nehme an, Käufer und Verkäufer haben vereinbart, daß die Ware per Bankakkreditiv bezahlt wird. Sonst sehe ich jedenfalls keinen Sinn in der ganzen Sache.«

Jessen starrte so lange auf Tenzers Jackenaufschlag, daß der schon annehmen mußte, Suppe darauf gekleckert zu haben.

»Ihre Suppe, Matthias. Bitte! Es wäre wirklich schade drum.«

»Sie meinen, er hat sich das Geld für die Ware schon auszahlen lassen, obwohl ...«

»Nun, deshalb schließt man ja ein Akkreditiv ab«, sagte Tenzer. »Man will das Geld haben, sobald man die Ware auf den Weg gebracht hat. Der Verkäufer wäre ja dumm, wenn er das Akkreditiv nicht umgehend einlösen würde, wenn das Konnossement gegengezeichnet ist. Ich gehe doch recht in der Annahme, daß der Kunde in Rio das Geschäft nicht direkt mit der Firma, sondern mit einem Zwischenhändler oder Vertreter abgeschlossen hat?«

»Ja. Mit einem gewissen Markus Wagner aus Mainz. Und der ...«

»Er ist verschwunden. Natürlich.«

»Man hat ihn bisher nicht erreichen können.«

»Das wird vermutlich auch so bald niemandem gelingen.«

»Aber wo sind die richtigen Container? Sie müßten doch irgendwo auftauchen.«

»Wer sagt, daß es sie jemals gegeben hat?«

Der Lobster wurde gebracht. Ein enormes, feuerrotes

Ungetüm, mit entfesselten Scheren und einem Petersiliensträußchen zwischen den Augen.
Matthias Laurenz Jessen begann, mechanisch seine Suppe zu löffeln.
»Sie meinen, es handelt sich um Betrug? Der Mann von der Kripo hat auch so etwas angedeutet.«
»Haben Sie die Unterlagen dabei? Auf dem Konnossement ist die Bank verzeichnet, über die das Geschäft abgewickelt wird. Rufen Sie dort an, und informieren Sie sich, ob das Akkreditiv schon eingelöst wurde. Dann wissen Sie, ob ich recht habe.«
Jessen zerrte seine Aktenmappe auf den Schoß und zog einen Stapel Unterlagen heraus.
»Es ist die Stallmayr-Bank in Mainz.«
»Rufen Sie an.«
»Aber was soll ich denn sagen?«
»Haben Sie ein Handy?«
»Ja, sicher.« Jessen zog ein Handy aus seiner Jackentasche, setzte es in Betrieb und reichte es Tenzer. Er diktierte ihm die Nummer aus seinen Unterlagen.
»Schneehut, guten Tag. Mit wem spreche ich? Frau Münzenberg, freut mich sehr. Ich rufe an aus Hamburg, Kriminalpolizei, Betrugsdezernat. Wir haben hier ein kleines Problem mit einem Ihrer Kunden, Herrn Markus Wagner. Ich hätte da gerne eine Auskunft.«
»Aber das können Sie doch nicht machen«, flüsterte Jessen. Er war ganz blaß geworden.
Tenzer lauschte in den Hörer und lächelte.
»Sie verbindet mich weiter«, sagte er zu Jessen. Dann sprach er wieder ins Handy. »Danke, kein Problem. Gu-

ten Tags Herr Dr. Weinheim, Schneehut von der Kripo Hamburg. – Natürlich, ich kann meine Anfrage auch schriftlich übersenden, aber eine ganz einfache Frage habe ich, die Sie mir sicher auch rasch am Telefon beantworten können. Sagen Sie mir doch bitte, ob Ihr Kunde Markus Wagner das Bankakkreditiv in Sachen Rio schon eingelöst hat. Er hat? Ich danke Ihnen für Ihre unbürokratische Hilfe. Ihre Faxnummer liegt mir natürlich vor, ich werde mich bei Ihnen melden, sowie ich eine Schreibkraft zu fassen bekomme. Wiederhören.«
Tenzer hatte sehr leise gesprochen und war vor Höflichkeit fast ins Telefon gekrochen. Er zwinkerte Jessen aufmunternd zu und zeigte auf den Hummer zwischen ihnen.
»Fangen Sie ruhig schon an. Oder wissen Sie nicht, wie Sie den kleinkriegen sollen?«
»Arbeiten Sie immer mit solchen Methoden?« fragte Jessen.
»Man muß, wenn man es mit Profis zu tun hat. Man muß. Nehmen Sie ruhig die große Zange, sonst wird das nichts. Wie heißt die Firma, deren Geräte eigentlich in den Containern sein sollten?«
»Temporex, ich glaube, die sitzen in Zürich.«
Tenzer holte sich die Telefonnummer von der Auslandsauskunft und ließ sich als Dr. Weinheim von der Stallmayr-Bank in Mainz bei der Geschäftsleitung anmelden. Nach wenigen Minuten hatte er herausbekommen, daß ein Markus Wagner aus Mainz dort völlig unbekannt war und niemals Geräte gekauft oder bestellt hatte.
Tenzer hob sein Glas und stieß mit Jessen an.

»So sieht es also aus. Und höchstwahrscheinlich ist der Käufer in Rio nicht der einzige, den der Kerl aufs Kreuz gelegt hat. Aber – wir sind aus dem Schneider. Auf Ihr Wohl, Matthias!«

11

»Ich lernte Leila im Februar 1990 während eines Skiurlaubs in Finnland kennen«, sagte Richter Rolf. Er lehnte sich in seinem Ledersessel zurück und schwenkte eine Weile schweigend sein Weinglas. Es war nur noch ein Schlückchen Rotwein darin, das er mit einer regelmäßigen, sachten Bewegung im Rund des Glases kreisen ließ. Es war eine Bewegung von fast bösartiger Gleichförmigkeit und Unausweichlichkeit. »Ich bin ein leidenschaftlicher Skiläufer, vielmehr, ich bin es gewesen. Meine Knie machen nicht mehr mit. Oder mein Hausarzt, ganz wie Sie wollen.«

»Leila kam mit Ihnen nach Deutschland«, sagte Marie Maas. Es war mehr eine Feststellung als eine Frage, denn die Antwort war ja bekannt. Sie hatte Angst, Thomas Rolf würde jeden Augenblick in seinem Schweigen versinken und an diesem Abend nicht wieder daraus erwachen.

»Ja. Insofern bin letztlich ich schuld daran, daß sie so gestorben ist.«

»So habe ich das nicht gemeint«, sagte die Kommissarin.

»Nein, ich weiß. Ich bin ein wenig ...« Der Richter zögerte. »Ich bin sentimental heute abend. Entschuldigen Sie bitte. Ich hätte Sie besser erst morgen früh in meinem

Büro empfangen sollen, das wäre vernünftiger gewesen. Aber jeder Tag, der verstreicht, ist von Vorteil für den Täter. Also bitte, fragen Sie.«

»Ihre Schwester hat ausgesagt, daß Sie am Freitag nachmittag mit dem ICE um sechzehn Uhr sechsunddreißig nach Frankfurt gefahren sind ...«

»Das ist unrichtig«, unterbrach der Richter. »Ich hatte vor, diesen Zug zu nehmen, habe meine Pläne jedoch kurzfristig ändern müssen.«

»Wo waren Sie dann am Freitag, zwischen siebzehn und einundzwanzig Uhr, Herr Rolf?«

»Ich war bei einem Freund.«

»Würden Sie uns bitte seinen Namen nennen?«

»Chris Meyerdirks. Er wohnt am Schwanenwik. Er nimmt meinen Dackel Max in Pflege, wenn ich ihn nicht mitnehmen kann. Max liebt das Bahnfahren nicht.«

»Das sagte uns Ihre Schwester bereits. Warum haben Sie Ihre Pläne geändert?«

»Chris wollte noch etwas mit mir besprechen. Er ist Illustrator, er arbeitet viel allein und freut sich immer, wenn er Besuch bekommt. Er war jedoch nicht da, als ich kam. Ich habe einen Schlüssel für seine Wohnung. Er kam erst gegen sieben Uhr. Ich nahm den letzten Zug um zwanzig Uhr acht nach Frankfurt.«

»Sie haben drei Stunden auf ihn gewartet?«

»So ist es. Ich habe mir Sorgen gemacht, wo er stecken könnte. Ich kann Max dort nicht allein lassen. Er würde das ganze Haus zusammenkläffen. Chris hatte vergessen, wann ich kommen wollte, und hat noch Einkäufe erledigt.«

»Bei Ihren Verwandten in Bad Homburg sind Sie erst am nächsten Morgen angekommen.«

»Das wissen Sie schon? Ich habe mir in Frankfurt ein Hotelzimmer genommen. Hotel Imperial, es liegt direkt gegenüber vom Hauptbahnhof. Man wird Ihnen das dort bestätigen können. Ich bin kurz nach Mitternacht angekommen.«

»Wir werden es überprüfen.«

»Jedenfalls war ich in Hamburg, als meine Exfrau umgebracht wurde. Ich habe kein Alibi für die Tatzeit. Nicht einmal Freundeswort. Aber ich habe Leila nicht umgebracht. Ich hätte es auch nie tun können. Es ist nicht meine Art, wenn Sie verstehen, was ich meine.«

»Erzählen Sie mir von Ihrer Frau. Wie lebte sie in Finnland, als Sie sie kennenlernten? Wer waren ihre Freunde und Freundinnen? Wir wissen fast nichts von ihr. Lebte sie so zurückgezogen?«

»Ja. Leila hatte nie viele Freunde. Deshalb fiel es ihr wohl auch leicht, aus Finnland wegzugehen. Leila war in Vantaa geboren, in der Nähe von Helsinki. Als sie sieben Jahre alt war, zogen ihre Eltern nach Helsinki, wo sie lebte, als ich sie kennenlernte. Sie kam aus kleinen Verhältnissen, ihr Vater arbeitete am Theater, er war ein einfacher Bühnenarbeiter. Ihre Mutter erledigte den Haushalt. Leila hatte mehrere Geschwister, sie war die Älteste. Mit siebzehn verließ sie die Schule, und ihr Vater besorgte ihr eine Lehrstelle als Schneiderin am Theater. Um sich etwas dazuzuverdienen, jobbte sie in den Ferien in Mikkeli in den Wintersportcamps als Kellnerin. Dort lernten wir uns kennen. – Sie war anders als deutsche Frauen«, fuhr der Richter nach einer Pause fort. Dann stand er auf, durchmaß mit langen Schritten sein Wohnzimmer, das von mehreren Tischlampen dezent beleuchtet wurde, und kam mit der Weinflasche zurück. »Darf ich Ihnen noch etwas einschenken, Frau Maas?«

Die Kommissarin nickte.

»Leila sprach kein Wort Deutsch und Sie kein Finnisch, nehme ich jedenfalls an«, sagte sie und nippte an dem vortrefflichen Bordeaux.

»Richtig. Aber das war nicht das Besondere an ihr. Obwohl es reizvoll war, daß wir uns ohne Sprache verständigen mußten und es uns auch gelang.« Der Richter achtete sorgfältig darauf, daß kein Tropfen Wein vergossen wurde, und brachte die Flasche wieder in die Küche.

»Nein, sie unterschied sich darin von anderen Frauen, daß sie immer absolut kühl blieb. Leila war völlig unsentimental. Ich habe sie niemals weinen sehen. Sie hat mir nie eine Szene gemacht. Sie war immer die Ruhe selbst, und sie verließ sich immer nur auf sich selbst. Das hat mir imponiert.«

»Ihre Schwester wertet das ganz anders. Sie hält Leila für eine kalte Profiteurin.«

»Meine Schwester ist sehr klug«, sagte Rolf und verlor für eine Sekunde seine Ruhe. »Aber meine liebe Schwester ist auch sehr eifersüchtig. Das war leider ein großes Problem in meiner Ehe.«

»Das größte Problem aber war das Geld«, sagte die Kommissarin.

»Hat Ihnen das auch meine Schwester erzählt?«

»Nicht unbedingt. Das habe ich mir selbst zusammengereimt.«

»Haben Sie den berühmten siebten Sinn, Kommissarin?« fragte Richter Rolf und lachte, jedenfalls sah es ein wenig so aus. Er war kein Typ, der richtig lachen konnte.

Marie Maas spürte einen Augenblick, daß Richter Rolf das Gespräch zu genießen begann. Er genoß die Genauigkeit, mit der er sich auslassen durfte, und das ärgerte sie. Schließlich würde er trotz allem kein einziges Stück Wahrheit preisgeben. Im Gegenteil, je mehr er redete, desto mehr entfernte er sich von der Wahrheit, er verfremdete sie, denn Wahrheit ist niemals ein Faktum, sondern immer ein Zusammenhang. Mit der Geschicklichkeit des geübten Juristen wob er ein neues Gebilde, in dem jedes Detail stimmte, aber an eine andere Stelle gesetzt einen anderen Zusammenhang ergab, wie ein Sternbild, das sich ständig ändert, je nachdem, wo der Betrachter steht.

»Geld war in unserer Ehe eigentlich kein Problem, denn es war genug da. Aber der Umgang mit Geld war für Leila ein Problem. Und insofern war es auch mein Problem und ein Problem unserer Ehe. Ich will es Ihnen erklären. – Leilas Vater war ein Spieler. Regelmäßig verlor er hohe Summen beim Kartenspiel und bei Glücksspielen. Da die Familie arm war und vollständig angewiesen auf das Gehalt des Vaters, konnte Leilas Mutter den Untergang nur aufhalten durch allersparsamstes Wirtschaften. Was ihr auch gelang. Eine bemerkenswerte Frau. Leider hatte Leila nicht nur ihr Erbteil in sich, sondern auch das ihres Vaters.«

»Leila war eine Spielerin?«

»So kraß möchte ich es nicht formulieren. Aber sie konnte absolut nicht mit Geld umgehen, und sie war unfähig, Verantwortung, ganz gleich welcher Art, zu übernehmen. Ihr Portemonnaie war immer leer. Das Konto, das ich ihr einrichtete, war immer im Minus. Geld, das ich ihr zuteilte, war ausgegeben, ehe sie es gezählt hatte. Es war, als hätten alle ihre Taschen Löcher.«

»Sie konnte nicht wirtschaften.«

»Nein. Sie gab ihr Geld einfach aus. Sie verlor es. Sie verschenkte es. Sie verkalkulierte sich. Sie lud wildfremde Menschen ins Café ein und spendierte Champagner, bis mich eines Tages Freunde fragten, ob ich überhaupt von alledem wüßte. Ich hatte es nicht gewußt. Ich stellte Leila zur Rede. Sie schwieg. Und machte weiter. Mit der Zeit begriff ich, daß sie unfähig war, zu planen und Verantwortung zu übernehmen. Vielleicht konnte sie nichts dafür, auf jeden Fall aber machte sie keinerlei Anstalten, etwas daran zu ändern. Ich konnte mir ihr Verhalten schließlich einfach nicht mehr erlauben. Ich richtete ihr eine eigene Wohnung ein und verlangte, daß sie eine Weile für sich allein zurechtkommen sollte. Das Ergebnis war diese Liebschaft mit einem Betrüger. Als ich davon erfuhr, reichte ich die Scheidung ein. Im Februar dieses Jahres wurden wir geschieden.«

»Es war also nicht Leila, die Sie verlassen hat, sondern Sie haben sie gebeten, zu gehen?«

»So kann man es sagen.«

»Ihre Ehe blieb kinderlos. Warum?«

»Das hätten Sie Leila fragen sollen. Kinder bedeu-

ten Verantwortung. Und Leila lehnte Verantwortung ab.«
»Sie hat sich offenbar sehr verantwortungsvoll um ihren Freund im Gefängnis gekümmert.«
»Ich habe Leila sechs Jahre lang gekannt und vier Jahre mit ihr zusammengelebt, ich weiß mehr von ihr als Sie.«
»Sie haben auch nach Ihrer Trennung Unterhalt für Ihre Frau bezahlt. Sie haben ihre Miete bezahlt, manchmal auch die Telefonrechnungen.«
»Ich fühlte mich für sie verantwortlich. Ich habe sie aus Finnland hierhergeholt. Ich wollte nicht, daß sie untergeht, auch wenn wir nicht mehr miteinander verheiratet waren. Ich dachte, sie würde vielleicht endlich anfangen, an sich zu arbeiten. Auch mit mehr wirtschaftlichem Talent erlebt man im Augenblick einer Geschäftsgründung Engpässe, das ist vorhersehbar. Ich wollte nicht, daß es ihr schlechtging.«
»Sie haben Ihre Schwester gebeten, ihr zur Seite zu stehen.«
»Meine Schwester hat das von sich aus angeboten.«
»Sie hatten keinen Kontakt mehr mit ihrer Exfrau?«
»Leila hat mich manchmal angerufen.«
Der Richter stellte sein leeres Weinglas auf ein lederbezogenes Tischchen neben seinem Lesesessel und starrte regungslos auf den Teppich vor seinen Füßen. Er saß vor einer Bücherwand, einer sehr kultivierten, bibliophilen Auswahl aus der Weltliteratur. Eine moderne Leselampe erhellte genau den Kreis auf seinem Schoß, in dem er das Buch halten mußte. Es war sein Stammplatz.
Thomas Rolf war nicht der Hüne, den die Kommissarin

sich vorgestellt hatte, nachdem sie seine resolute Schwester kennengelernt hatte. Er war eher klein geraten, fast zierlich. Sein Kopf war schmal, sein Haar voll und dunkelgrau. Seine Haut spannte sich ledrig und warf viele schmale Falten über die ausgeprägten Wangenknochen. Beim Gespräch fixierte er sein Gegenüber unangenehm mit seinen hellblauen Augen und stechenden Pupillen. Er trug eine Brille, die diesen Blick nicht gerade milderte. Augen, die nichts verbargen und denen nichts verborgen blieb. Er sprach mit Langeweile in der Stimme, völlig ohne Leidenschaft.

»Zum Beispiel damals, als ihr Freund verhaftet wurde. Sie bat mich um Hilfe für ihn. Sie rief spätabends an, ich schlief noch nicht, ich saß hier und las. Sie wußte, daß ich abends immer noch lese, weil ich nicht früh schlafen kann. Sie war ein bißchen betrunken.«

»Sie wußten damals bereits von ihrer Beziehung zu Tenzer?«

»Ja. Es gab eine Mitteilung über den Fall in meiner Akte. Richter, Justizbeamte ganz allgemein, müssen einen guten Leumund haben. Man erwartet, daß auch ihre Familien vorbildlich leben. Ich nehme an, für Polizeibeamte gilt das gleiche. Man hätte mir einen Strick daraus drehen können. Man wird es jetzt tun.«

»Wie haben Sie damals reagiert?«

»Ich sagte ihr, daß ich nicht nur nichts für diesen Mann tun könne, sondern auch von ihr erwartete, daß sie sich von ihm trennt.«

»Und was hat sie gesagt?«

»Sie hat gelacht. Sie war, wie gesagt, etwas beschwipst.«

»Hat sie Ihnen gedroht?«

Thomas Rolf sah Marie Maas an. Seine engen schwarzen Pupillen bohrten sich wie Pfeile in ihr Gesicht. Er sah auf ihre Lippen, nicht in ihre Augen.

»Womit hätte Leila mir drohen sollen?«

»Herr Rolf, Ihre ehemalige Frau hat erhebliche Unterhaltszahlungen von Ihnen erhalten, obwohl sie keine Kinder zu versorgen hatte, berufstätig war und gut für sich selbst sorgen konnte. Sie hat Sie noch während Ihrer Ehe mit einem anderen Mann betrogen. Entweder sind Sie ein sehr großzügiger, nachgiebiger Mensch oder ein Trottel, oder aber Ihre Frau hatte irgendein Druckmittel gegen Sie in der Hand. Das ist doch ein naheliegender Gedanke.«

»Das Naheliegendste ist nicht immer die Wahrheit, wie Sie sicher wissen.«

»Was zu beweisen wäre.«

»Aber nicht von mir.«

»Das ist richtig. Wann haben Sie Ihre Frau zum letzten Mal gesehen?«

»Bei unserer Scheidungsverhandlung im Februar.«

»Sie haben sie nie in ihrer Boutique aufgesucht?«

»Nein.«

»Sie waren nie in ihrer Wohnung in der Rutschbahn?«

»Nein.«

»Ihre Frau war vollkommen verschuldet, als sie umgebracht wurde. Sie hat Sie nicht aufgesucht und um Hilfe gebeten?«

»Nein.«

»Herr Rolf, darf ich fragen, ob Sie in der Zwischenzeit

eine Beziehung zu einer anderen Frau aufgenommen haben?«
Der Richter zögerte einen Augenblick. Schließlich sagte er:
»Ich lehne die Beantwortung dieser Frage ab.«
»Schade. Wir werden Ihren Namen nicht länger geheimhalten können, Herr Rolf. Ab morgen wird das Bild von Wilfried Tenzer in allen deutschen Tageszeitungen veröffentlicht werden. Auch Ihr Name wird in diesem Zusammenhang genannt werden.«
Thomas Rolf nickte. Seine Miene war steinern.
»Wenn Sie jetzt gehen wollen, komme ich mit herunter«, sagte er. »Ich muß noch meinen Hund ausführen.«

12

Nachdem Tenzer Matthias Laurenz Jessen verabschiedet hatte, der es kaum abwarten konnte, zurück in sein Büro zu kommen, lief er ziellos herum und überlegte, wo er die Nacht verbringen sollte. Er hatte keine hundert Mark mehr in der Tasche. Wenn man sich ein Hotelzimmer nahm, war es immer besser, noch so viel Geld in der Tasche zu haben, daß man es zur Not bezahlen konnte. Einen Augenblick lang überlegte er, wieder in Leilas Wohnung zu gehen, aber es würde ihm zu weh tun. Außerdem war die Wohnung inzwischen sicher versiegelt und wurde überwacht, wie ihr Laden. Überall warteten sie auf ihn – das war sein einziger Gedanke. An Polizei und Gefängnis weigerte er sich zu denken. Er war jetzt seit genau neunundsiebzig Stunden in Freiheit. Keine Minute länger. Und um nichts in der Welt würde er sich wieder einsperren lassen. Nicht wegen eines Mordes, den er nicht begangen hatte, erst recht nicht wegen des Mordes an Leila – wenn Leila das wüßte, dachte er unvermittelt und hätte fast gelacht. Nicht einmal zu ihrer Beerdigung konnte er gehen.

Wie von einem Magneten angezogen, wanderte er immer wieder durch das Grindelviertel, über die Grindelallee, die Hallerstraße hoch, zurück über die Schlüterstraße, an der Universität vorbei, bis zum Abaton-Kino. Er erwog, an der Boutique vorbeizugehen, sah aber schon von weitem den Kripobullen vor der Bäckerei herumstehen. Vielleicht hatte die Polizei sein Geld schon längst gefunden? Vielleicht hatte Leila es in der Boutique versteckt? Das schien ihm inzwischen ziemlich sicher. Warum sonst lauerten sie darauf, daß er ihnen in die Falle ging? Aber da konnten sie lange warten.

Gegen neun Uhr abends betrat er schließlich eine kleine Pension in der Bundesstraße. Er hatte zufällig das Schild an der Tür gesehen. Es war ein schmales, schäbiges Haus. An der Rezeption saß ein mürrischer, alter Mann, blickte kaum auf von seinem Kreuzworträtsel und gab ihm einen Zimmerschlüssel.

»Haben Sie kein Gepäck?«

»Das hole ich später. Ich habe mir ein Schließfach am Bahnhof genommen.«

»Dann brauche ich Ihren Ausweis«, sagte der Alte, als Tenzer schon fast die Treppe hochgegangen war, die zu den Gästezimmern führte.

Er holte den syrischen Ausweis aus der Tasche und hielt ihn dem Mann hin. Gierig griff der danach.

»Bekommen Sie wieder, wenn Sie abreisen«, sagte er.

»Das ist aber nicht üblich«, sagte Tenzer ärgerlich und unterdrückte aufkommende Panik. Der kostbare Ausweis, den er für das Bankkonto brauchte.

»Was bei uns üblich ist, bestimmen wir. Sie können ja wieder gehen.«

Tenzer zögerte, dann ging er hoch zu seinem Zimmer. Er hatte keine Kraft, eine andere Bleibe zu suchen. Morgen, wenn er ausgeschlafen war, würde ihm schon etwas einfallen, um den Ausweis wiederzubekommen. Zur Not mußte er eben bezahlen. Das Zimmer sollte achtzig Mark kosten ohne Frühstück.

Um zehn Uhr löschte Tenzer das Licht und versuchte einzuschlafen. Es klappte nicht. Sobald er allein war, überfielen ihn die Depressionen, er fühlte sich einsam und verlassen. Immer stärker drang die Tatsache, daß Leila tot war, in sein Bewußtsein. Die Erkenntnis kam auf ihn zu wie eine Wetterfront, von der man im Wetterbericht gehört hat und die dann schließlich wirklich aufzieht. Sie begann, ihre Verwüstung anzurichten, und man stand hilflos dabei und mußte zusehen.

Kurz vor Mitternacht stand er wieder auf und zog sich an. Vielleicht würde ein kurzer, strammer Marsch ihm die nötige Bettschwere bringen. Er könnte sich auch noch eine Dose Bier mitbringen, irgendein Kiosk würde schon noch offen sein.

Er lief Richtung Hallerstraße, am Schlump entlang und überquerte die Grindelallee. Ehe er sich versah, stand er wieder in der Oberstraße und starrte auf die erleuchteten Fenster im ersten Stock. Rechts die Wohnung von Katja Rolf, Leilas Schwägerin, und links die von Thomas Rolf, ihrem Zerstörer. Schön im Warmen hockten die beiden und glaubten, ihr Leben ginge immer so weiter, als könne ihnen nun nichts mehr geschehen, da Leila tot war. Aber da hatten sie sich getäuscht.

Er war gerade am Haus vorübergegangen, da hörte er Schritte und Stimmen aus dem Gebäude. Die Lampe im Hauseingang leuchtete auf, dann trat der Richter mit dem Dackel an der Leine aus dem Haus. Tenzer wechsel-

te die Straßenseite und drückte sich zwischen die Büsche des Innocentiaparks. Niemand hatte auf ihn geachtet.
Der Richter war nicht allein. Neben ihm ging eine kräftige, große Gestalt im hellen Trenchcoat. Sie überragte den Richter um Kopfeslänge. Mal wieder ein neuer Freund? Eine neue Affäre? Tenzer drückte sich noch mehr in die Büsche. Dann sagte Rolfs Begleitung etwas, es war eine Frau.
»Vielen Dank für das Gespräch. Guten Abend«, sagte die Kommissarin und nickte dem Richter zum Abschied zu. Er hatte seine Handschuhe nicht ausgezogen und reichte ihr nicht die Hand. Ihren Wagen hatte sie ein paar Meter weiter in der Parkallee abgestellt.
Tenzer ging auf gleicher Höhe wie die Frau auf dem Parkweg entlang. Er achtete darauf, nicht dem Richter in die Arme zu laufen, aber der ging wie gewöhnlich geradeaus weiter zur Hochallee, dort würde er sich nach rechts wenden und durch die Hansastraße wieder zurück zu seiner Wohnung gehen. Offenbar mochte er den Innocentiapark nicht, oder vielleicht war er ihn leid geworden über mehreren Hundeleben.
Die Frau stieg in einen roten Golf und fuhr los, ohne ihn bemerkt zu haben.
Gegen halb eins war Tenzer wieder in seinem Hotelbett. Die zweite Dose Bier schaffte er nicht mehr ganz.

Kurz nach neun Uhr verließen einige Hotelgäste das Haus und polterten laut die Treppe hinunter. Tenzer erwachte mit dem wohligen Gefühl, gut und lange geschlafen zu haben und sich frisch und tatkräftig den

Anforderungen des Tages stellen zu können. So leicht ließ er sich nicht aus der Bahn werfen! Er doch nicht. Er wollte erledigen, was er in dieser Stadt noch erledigen mußte, und dann würde er fortgehen, so wie er es mit Leila vorgehabt hatte. Côte d'Azur, Costa Brava, Costa del Sol – egal, irgendwohin, wo das Leben lebenswert war. Er war ein freier Mann, das war das wichtigste. Er konnte aufstehen, wann er wollte, die Tür war offen, er konnte hingehen, wohin er wollte. Und Leila, Leila lebte in seinem Herzen weiter. Sterben müssen wir alle, sie hatte es eben schon hinter sich.

Er schwang sich aus dem Bett und trat ans Fenster. Hamburg zeigte sich im schönsten Winterkleid: Weißer Rauhreif auf den Zweigen der kahlen Bäume, die Rinden glänzten schwarz, der Himmel war herrlich blau und hoch, und die Sonne blitzte in den vereisten Pfützen. Ein Tag, um alles wiedergutzumachen.

Tenzer zog sich rasch an und lief die Treppen hinunter. Hinter dem Tresen saß nicht mehr der alte Herr von gestern abend, sondern ein junges Mädchen, vielleicht die Tochter des Hauses. Er warf ihr sein strahlendstes Lächeln zu und beugte sich weiter als nötig über den Tresen.

»Mein Name ist Aizan, ich würde gerne noch ein paar Tage bei Ihnen bleiben. Leider hat mir jedoch gestern abend der Herr hier an der Rezeption meinen Ausweis abgenommen. Könnten Sie ihn mir wohl zurückgeben? Er müßte die Daten ja inzwischen eingetragen haben.«

»Ich weiß nicht, meistens bleibt der Ausweis hier.«

»Das geht aber nicht, schönes Kind. Ich brauche meine

Papiere. Ich habe geschäftlich zu tun in Ihrer schönen Stadt.«

»Mama?«

Das Mädchen ging ein paar Schritte ins Nebenzimmer und kam mit einer nicht ganz angekleideten Frau zurück, die sich die Hände an einem Geschirrhandtuch abtrocknete. Sie stutzte, als sie Tenzer sah, und starrte ihn an, als sei er eines der Sieben Weltwunder.

»Mama, der Gast hier möchte seinen Ausweis mitnehmen. Soll ich ihn ihm geben?«

Die Frau nickte und zog ihre Tochter zu sich ins Nebenzimmer. Sie ließ Tenzer nicht aus den Augen, bis er seine Papiere eingesteckt und das Hotel verlassen hatte.

Tenzer lief bis zur Renzelstraße und überlegte, wo er frühstücken konnte. Er hatte Lust, bei Café Neumann zu frühstücken – weil Leila dort Stammkundin gewesen war und ihm oft davon erzählt hatte. Besonders von Emina aus Bosnien, die ihr immer eine Brötchenhälfte umsonst gab, weil sie meinte, Leila wäre viel zu dünn und würde nicht genug essen. Aber er traute sich nicht so nah an den Tatort heran, noch nicht. Er betrat den Bäckerladen gegenüber an der Ecke zur Grindelallee, holte sich Kaffee und Croissants an einen runden Stehtisch und zog sich eine »Morgenpost« heran, die jemand liegengelassen hatte.

Er schreckte zurück, als hätte man ihn geohrfeigt. Sein Foto prangte auf der Titelseite.

Wilfried Tenzer, der Frauenmörder vom Grindel, stand in fetten Lettern darunter. Das Foto war schon älter, es mußte eines vom Erkennungsdienst sein, bei seiner letzten Verhaftung aufgenommen. *Die Tote kannte ihren Mörder, besuchte ihn jahrelang im Gefängnis,* lautete die Unterzeile. Neben einem kleinen Foto von Leila stand: *Exfrau eines Richters und Opfer eines brutalen Mörders.*

Tenzer ließ die Zeitung liegen und ging ganz langsam aus dem Laden. Die Fußgängerampel vor der Tür sprang gerade auf Rot, er lief rasch noch über die Straße. Er hastete an den Hauswänden entlang die Grindelallee hoch in Richtung Edmund-Siemers-Allee. Auf der breiten, sechsspurigen Straße herrschte reger Verkehr, aber die Bürgersteige waren fast leer. Wer ihm entgegenkam, sah ihn nicht an. Verspätete Studenten, auf dem Weg in die Universitätsinstitute und Bibliotheken, mit sich selbst beschäftigt. Tenzer überquerte die Edmund-Siemers-Allee und ging am Bahndamm entlang, eskortiert von Radfahrern, die dicht an ihm vorbeirasten. Eine niedrige Unterführung kürzte den Weg ab in die Parkanlage von Planten un Blomen. Dort fühlte er sich ein bißchen sicherer. Er suchte sich eine ruhige Ecke hinter einem Gebüsch und hockte sich einen Augenblick hin, um zur Besinnung zu kommen.

»Mein Gott, Leila, hilf mir«, murmelte er. Er preßte die Hände vors Gesicht. Er hatte Erde an den Fingern, und Tränen mischten sich mit dem Schmutz. »Leila, bitte, tu etwas für mich. Ich kann nicht mehr.« Er ließ sich auf die Knie fallen. Der Erdboden war eiskalt und hart. »Was soll ich jetzt bloß machen?«

Nach einer Weile stand Tenzer auf. Seine Knie waren naß, die Hosen verschmutzt. Er schlug den Mantelkragen hoch und hielt ihn mit der Hand unter dem Kinn zusammen. Den Kopf gesenkt, lief er durch den Park zum Stephansplatz und betrat eine der Telefonkabinen im Souterrain.

Er wählte die Nummer von Jessen.

»Schiffsversicherungen, P & I, Iden, guten Morgen.«

»Ich würde gerne mit Herrn Jessen sprechen«, sagte Tenzer.

»Mit wem spreche ich?«

»Sagen Sie ihm, ein Freund möchte ihn dringend sprechen.«

»Augenblick bitte«, sagte Barbara Iden.

Nach einem endlosen Augenblick war Matthias Jessen dran. Tenzer meldete sich. Er sprach leise.

»Sie rufen hier an?« fragte Jessen. Auch er flüsterte, aber in seiner Stimme schwang Entsetzen. »Ihr Bild ist in allen Zeitungen heute! Was wollen Sie denn von mir?«

»Matthias, Sie müssen mir helfen«, sagte Tenzer. »Sie müssen mir glauben, ich werde zu Unrecht verdächtigt. Sonst würde ich mich nicht an Sie wenden. Sie *müssen* mir helfen. Ich weiß nicht, wohin ich gehen soll. Ich bin am Ende. Matthias, Sie sind meine einzige Rettung.«

»Was soll ich denn tun? Die ganze Stadt sucht Sie. Wer sind Sie denn eigentlich?«

»Kommen Sie bitte herunter. Ich warte im Park auf Sie. Bei den Gewächshäusern. Bitte, kommen Sie. Ich werde Ihnen alles erklären.«

Tenzer hängte den Hörer ein.

13

»Susanne, versuchen Sie bitte, diesen Herrn Meyerdirks zu erreichen.« Marie Maas legte Susanne Bollmann einen Zettel mit einer Telefonnummer auf den Schreibtisch. »Wenn Sie ihn haben, stellen Sie ihn zu mir durch. Es ist dringend. Sagen Sie ihm, es geht um seinen Freund Thomas Rolf.«

»Seinen Freund?« fragte Yalcin Özökül und lächelte anzüglich.

»Ja, seinen Freund«, antwortete die Kommissarin kurz. »Mehr wissen wir nicht. Zeigen Sie mal her, ist das die ›Morgenpost‹ von heute? Das ist ja ein scheußliches Verbrecherfoto von Tenzer. Das Foto, das bei Leila Rolf an der Pinnwand hing, war viel hübscher. So erkennt ihn mit Sicherheit niemand. Falls er überhaupt noch in der Stadt ist.«

»Ist er. Er war es jedenfalls noch vor einer halben Stunde«, sagte Karsten Scholz und stürmte mit wehendem Mantel ins Büro der Kriminalwachtmeister. »Hier, Chefin. Der Anruf kam gerade aus der Bundesstraße. Eine kleine Pension. Tenzer hat heute nacht dort übernachtet. Er hat sich mit dem Namen Aizan, Göran Aizan, angemeldet. Aus Damaskus. Den Ausweis hat er heute morgen zurückverlangt. Er hat das Hotel gegen halb zehn Uhr verlassen.«

»Gib den Namen an alle Funkstreifen, vor allem an die Innenstadt-Reviere, Flughafen, Bahnpolizei und an den Rundfunk. Maas?«

Das Telefon auf Yalcins Schreibtisch hatte noch nicht ausgeklingelt, als die Kommissarin schon den Hörer von der Gabel riß.

»Ja, Sie sind hier richtig. Wie heißt das Hotel? Ach, Elysée, ja, natürlich kenne ich das. An der Rothenbaumchaussee, ja. Wann? Gestern mittag, so. Können wir Sie jetzt gleich sprechen? Wo? An der Bar, ja sofort. Wir sind in zehn Minuten da.«

»Susanne, Sie probieren weiter, den Meyerdirks zu erreichen. Schicken Sie jemanden los mit dem Foto von Richter Rolf. Er soll die Nachbarn am Schwanenwik fragen, ob Rolf dort am Freitag nachmittag gesehen wurde. Sonst sehe ich schwarz für sein Alibi.«

»Und woher bekomme ich ein Foto von Richter Rolf?«

»Fragen Sie seine Schwester. Die Telefonnummer ist in der Akte. Yalcin, Sie lassen das Telefon nicht aus den Augen. Notieren Sie jeden Anruf. Wenn es zuviel wird, fordern Sie Hilfe an. Karsten, fährst du mit ins Elysée?«

»Ich habe schon einen Wagen bestellt.«

Erst eine Stunde später konnte Matthias Laurenz Jessen im Büro wegkommen. Er kaufte ein paar Kuchenstücke und lief mit der Tüte in der Hand über den Stephansplatz. Neben dem Eiskiosk, der im Winter geschlossen war, betrat er den Alten Botanischen Garten und schlenderte langsam, Kuchen kauend, über die Wege auf die Gewächshäuser zu. Auf einer Bank in der Sonne saß

Wilfried Tenzer. Er trug einen Hut, den er tief ins Gesicht gezogen hatte, und tat so, als sei er völlig vertieft in das Kreuzworträtsel einer Illustrierten. Als er Jessen kommen sah, stand er auf und ging langsam weiter, bis Jessen ihn eingeholt hatte. Es waren nur wenige Spaziergänger zu sehen. Ein paar Mädchen schwänzten wohl die Schule und hockten weiter oben auf einer Bank in der matten Wintersonne. Sie waren damit beschäftigt, sich die Lippen anzumalen und über einem »Bravo«-Heft zu kichern.
»Danke, daß Sie gekommen sind«, sagte Tenzer und klopfte Jessen auf die Schulter. »Es tut mir wahnsinnig leid, daß ich Sie da hineinziehe, aber Sie sind wirklich meine einzige Chance.«
»Können Sie mir irgendwie beweisen, daß Sie mit dem Mord nichts zu tun haben?«
»Wenn ich es könnte, würde ich längst bei der Polizei sitzen und es denen erzählen. Vor allem, damit sie Leilas wirklichen Mörder finden, verstehen Sie, Matthias? Ich war es nicht, und der richtige Mörder läuft frei herum. Sie haben doch Jura studiert ...«
»Seerecht. Mit Strafrecht hatte ich nichts zu tun.«
»Trotzdem, Sie wissen, wie schnell man ein paar Indizien beisammenhat und eine Anklage zurechtzimmern kann ...«
»Nein, weiß ich nicht. Ich kann versuchen, Ihnen einen Anwalt zu besorgen. Aber ich weiß nicht, ob den Fall jemand übernehmen will.«
»Ich brauche keinen Anwalt, Matthias, ich brauche Zeit, um den richtigen Mörder zu überführen. Das ist mein Problem.«

»Warum überlassen Sie es nicht der Polizei, den richtigen Mörder zu finden?«

»Sie sehen doch, womit die sich beschäftigen! Nur weil ich vorbestraft bin, stehe ich prompt als Mörder fest. Meine eigene Freundin soll ich umgebracht haben. Man hört mich nicht einmal an, sondern hetzt die ganze Stadt gegen mich auf. Solchen Leuten soll ich es überlassen, den Mord an Leila aufzuklären? Solchen verhetzten Stümpern?«

»In den Zeitungen steht, daß Sie genau zu der Zeit in Hamburg angekommen sind, als Ihre Freundin ermordet wurde. Das ist nun wirklich ein großer Zufall.«

»Der Zufall ist noch viel größer, Matthias. Ich stand in genau diesem Augenblick vor ihrem Schaufenster und klopfte an die Scheibe, damit sie mir die Tür öffnete. Ich habe gesehen, wie Leila umgebracht wurde. Verstehen Sie, in welcher Lage ich bin?«

»Sie reden zu laut. Wenn uns nun jemand hört. Haben Sie den Mörder denn gesehen?«

»Ich weiß, wer es ist. Haben Sie eine Freundin?« flüsterte Tenzer und versuchte, ganz nah an Jessens Ohr zu sprechen. »Dann können Sie sich vielleicht vorstellen, wie mir jetzt zumute ist. Stellen Sie sich vor, Sie hätten mit angesehen, wie Ihre Freundin umgebracht wurde, und konnten ihr nicht helfen. Sie haben versucht, hinter dem Täter herzulaufen, ihn noch zu erwischen, aber er ist wie vom Erdboden verschluckt. Sie laufen zurück zu Ihrer Freundin, aber sie ist schon tot. Sie wollen sie aufheben, Sie wollen einen Arzt rufen, überall sind Ihre Fußabdrücke, Ihre Fingerabdrücke. Und nun stellen Sie sich vor, Sie kommen direkt aus dem Gefängnis, Sie sind vorbestraft, wenn auch nur wegen Betrugs und Urkundenfälschung. Nicht jeder, der mal im Gefängnis war, ist gleich ein Mörder. Aber Sie wissen, daß man Ihnen das Ding anhängen wird, man wird es zumindest versuchen. Ist es da nicht verständlich, wenn Sie abhauen? Würden Sie es nicht genauso machen?«

Jessen hatte seinen Kuchen aufgegessen und wischte sich die Krümel vom Mantel. Er blieb stehen. Geradeaus führte der Weg weiter am Untersuchungsgefängnis entlang bis zu den Gerichtsgebäuden, die sich wie drei dicke Gluckhennen am Sievekingplatz gegenüberhockten. Links ging ein Weg hinter einem Teich entlang zurück zum Stephansplatz. Auf der Seite schien die Sonne, und mehrere Spaziergänger hatten die Bänke besetzt.

»Ich weiß es nicht«, sagte er leise. »Aber warum sollte ich Ihnen glauben?«

»Glauben Sie mir nicht«, sagte Tenzer. »Aber fragen Sie sich, ob nicht vielleicht doch die Möglichkeit bestehen könnte, daß ich die Wahrheit sage. Und wenn Sie glauben, daß diese Möglichkeit existiert, dann fragen Sie sich, ob Sie mir nicht nur ein ganz kleines bißchen helfen sollten. Nur für den Fall, daß es sich erweisen könnte, daß ich die Wahrheit sage. Und nur für den Fall, daß Sie meine Verzweiflung dann ermessen könnten.«

»Wenn Sie wirklich zu Unrecht beschuldigt werden …«

»Und Zeuge des Mordes an meiner geliebten Leila wurde und jetzt allein bin, ohne sie.«

»Sie haben Sie geliebt?«

»Wir wollten für immer zusammenbleiben. Sie hat zwei Jahre lang auf mich gewartet.«

»Aber wie soll ich Ihnen helfen?«

»Ich brauche einen Ort, wo ich mich verstecken kann. Nur für ein paar Tage. Bis der Presserummel sich wieder gelegt hat.«

»Meine Freundin hat ein Wochenendhaus«, sagte Jessen schließlich zögernd. »Das heißt, ihre Eltern haben ein Wochenendhaus. Die ganze Familie ist über Weihnachten verreist. Aber es ist ein Stückchen außerhalb von Hamburg.«

»Es wäre meine Rettung.«

»Ich weißt nicht, wie lange Sie dort bleiben können. Sie dürften natürlich nicht heizen. Das würde auffallen.«

»Eine Woche würde genügen. Vielleicht schon drei Tage. Die Leute vergessen so schnell. Wenn keine weiteren Fotos von mir veröffentlicht werden …«

»Sie machen sogar Rundfunkdurchsagen heute. Nein, Herr …«

»Sagen Sie bitte Wilfried zu mir.«

»Sie müssen sich stellen. Es hat einfach keinen Zweck, Sie entkommen der Polizei doch nicht. Und auf eigene Faust können Sie den Mörder auch nicht finden, das ist doch Unsinn.«

»Bitte, nur für drei Tage. Nur damit ich zur Besinnung komme. Wo liegt denn das Haus?«

»In der Nähe von Buchholz. In der Heide.«

»Ich kann den Zug nehmen. Haben Sie den Schlüssel? Niemand wird je merken, daß ich dort gewesen bin.«

»Den Schlüssel habe ich. Ich habe versprochen, hin und

wieder rauszufahren und nach dem Rechten zu sehen. Ich werde Sie hinbringen. Am besten jetzt gleich. Ich muß in zwei Stunden wieder im Büro sein. Danach gehe ich zu einem Anwalt und werde mit ihm alles besprechen. Ich kenne einen guten Strafverteidiger. Selbst wenn er Ihren Fall nicht übernimmt, wird er uns beraten können. Aber Sie müssen mir versprechen, sich der Polizei zu stellen.«
Tenzer streckte Jessen seine Hand hin. Er hatte zwar nicht im entferntesten die Absicht, sich freiwillig der Polizei zu stellen, aber er war erst mal gerettet.

Marie Maas kannte das Hotel »Elysée« vom Vorbeifahren. Sie kannte die Ecke sogar noch aus den Zeiten, als es das Hotel Elysée noch gar nicht gab, aber drin gewesen war sie noch nie. Wenn sie ein Glas Wein oder Bier trinken wollte, zog sie die gemütlichen Kellerkneipen in Eppendorf solchen Nobelhotels bei weitem vor. Und für ein schnelles Beamtenmittagessen war ihr die Brasserie etwas zu teuer.
Als sie die Eingangshalle des Hotels betrat, hatte sie sofort das unangenehme Gefühl, völlig falsch gekleidet zu sein mit ihren Jeans, dem ausgeleierten Rollkragenpullover mit der Lammfelljacke darüber und den nicht auf Hochglanz gebrachten Stiefeln.
»Was trinkt man denn hier?« raunte sie Karsten Scholz an der Bar zu und suchte unauffällig nach einer Getränkekarte. So etwas Primitives gab es hier wahrscheinlich nicht. Alle fünfzig Zentimeter stand ein Riesenkelch mit Salzknabberei auf dem Tresen. Besser gar nicht erst damit anfangen.

Karsten Scholz bestellte sich Mineralwasser, die Kommissarin nahm Kaffee. Etwas Besseres fiel ihr nicht ein.
»Wir sind hier verabredet mit einem Ober aus der Brasserie«, sagte Karsten Scholz zu der Bardame. »Wissen Sie vielleicht, wo der Herr zu finden ist?«
»Ach so, Sie sind die Herrschaften von der Polizei? Ich rufe Kevin.«
Nach ein paar Minuten erschien ein Ober in schwarzen Hosen und roter Weste und stellte sich ihnen mit Verbeugung vor.
»Guten Morgen, die Herrschaften. Ich habe den Mann auf dem Zeitungsfoto sofort erkannt. Er hat hier gestern an einem meiner Tische geluncht. Er war in Begleitung eines jungen Mannes, sie sind nach dem Essen zusammen weggegangen.«
»Können Sie uns den jungen Mann beschreiben?«
»Ziemlich groß, blond, blauäugig, ein typischer Hamburger, würde ich sagen. Mitte Zwanzig. Er hat nicht sehr viel gegessen, sie aßen sehr langsam und sprachen viel dabei, telefonierten ständig mit ihrem Handy. Das mögen wir nicht besonders gern an unseren Tischen.«
»In welchem Verhältnis standen die beiden zueinander? Was war Ihr Eindruck: Waren sie Freunde? Oder eher Geschäftspartner?«
»Schwer zu sagen. Ich kann mich nicht einmal erinnern, ob sie sich siezten oder duzten. Sie hätten Freunde oder ungleiche Brüder sein können. Der Ältere, also der Mörder, nicht wahr?«
»Er wird verdächtigt, seine Freundin umgebracht zu haben.«

»Na, der jedenfalls tat so ein bißchen väterlich. Er gab die Bestellung auf und bezahlte auch. Ich bin mir aber ganz sicher, daß es der Mann aus der Zeitung war. Ich habe ein sehr gutes Personengedächtnis. Kann ich Sie übrigens einladen? Wir haben in der Brasserie phantastische Fruchtcocktails.«

»Nein, danke«, sagte Marie Maas. »Wir sind schon versorgt. Sagen Sie uns bitte noch, haben Sie den Mann schon öfter hier gesehen?«

»Nein, noch nie.«

»Wie hat er bezahlt? Bar?«

»Ja. Das fiel mir auch auf.«

»Können Sie sich noch an irgendein Detail bei dem jüngeren Herrn erinnern? Was hatte er an? Wie trug er seine Haare? Trug er Schmuck?«

Der Kellner überlegte einen Augenblick und schüttelte dann den Kopf. Die Bardame foppte ihn.

»Du siehst aus, als ob du nachdenkst, Kevin.«

»Also, einen Ring hatte er nicht an der Hand, das hätte ich mir gemerkt. Aber er trug so ein Jackett mit goldenen Knöpfen, wie eine Marineuniform.«

»Ach, der Blonde?« fragte die Bardame. »Den hatte ich auch hier. Am Samstag mittag, nicht wahr?«

»Nein, gestern«, sagte der Kellner. »Gestern mittag.«

»Gestern hatte ich frei. Aber am Samstag mittag waren hier zwei Gäste, ein junger und ein alter, und der junge sah genauso aus, wie du ihn gerade beschrieben hast. Die haben sich hier kennengelernt.«

Kasten Scholz zog das Bild von Wilfried Tenzer aus der Tasche und zeigte es der Bardame.

»Ja, das war der Ältere«, sagte sie.

»Der ist heute in jeder Zeitung abgebildet«, sagte Karsten Scholz und ließ das Foto auf dem Tresen liegen.

»Ich lese grundsätzlich keine Zeitungen«, murmelte die Bardame. »Was hat er denn verbrochen?«

»Er wird verdächtigt, seine Freundin ermordet zu haben. Nicht weit von hier, im Grindelhof. Sie wurde erdrosselt.«

Die Bardame schüttelte den Kopf.

»Der doch nicht. Das war doch so ein trauriger Typ. Der hat fast geheult, als er am Samstag hier auftauchte. Den mußte ich erst mal wieder aufbauen. Und der Blonde hatte auch irgendeinen Kummer. Wer mittags hier aufkreuzt, hat meistens was zu verdauen, das kann ich Ihnen sagen. Die Frühschicht ist die reinste Therapiestunde, sage ich immer zu Cebulon. Das ist mein Hund, der ist beleidigt, wenn er tagsüber allein sein muß.«

»An einen Namen können Sie sich nicht erinnern, Frau …«

»Hille, Marita Hille ist mein Name«, sagte die Bardame. »Doch. Wie der Ältere hieß, weiß ich nicht mehr, aber der Jüngere kam gerade aus England. Jessen hieß er, und er arbeitet irgendwas mit Schiffen. So genau habe ich es nicht mitgekriegt. Aber den Namen, den habe ich mir gemerkt, weil …« Die Bardame beugte sich weit über den Tresen zu Marie Maas vor und flüsterte: »Das war nämlich ein ganz süßer Typ.«

14

Matthias Laurenz Jessen fuhr zügig durch die Innenstadt Richtung Elbbrücken. Als er an der Amsinckstraße in eine Tankstelle fuhr, bat er Tenzer, sich in den Sitz zu ducken.

»Es muß Sie ja nicht unbedingt jemand in meinem Wagen sehen«, meinte er.

»Wird man Sie im Büro nicht vermissen?« fragte Tenzer.

»Ich habe gesagt, daß ich meinen Wagen in die Werkstatt bringen muß und nicht weiß, wie lange es dauern wird.«

Gegen halb eins erreichten sie die Autobahnabfahrt Rade und bogen ab auf die B 73 Richtung Sprötze. Es war ein milchiger Dezembertag geworden, nicht sehr kalt, feucht, eine Luft, die Ohren und Finger taub werden ließ. Wolken waren aufgezogen und hingen niedrig und fahl über den glatten, braunen Wiesen.

Kurz vor Sprötze bog Jessen ab auf einen Sandweg, der mitten durch den Wald führte. Tenzer drehte sein Fenster herunter. Es roch nach frisch gefällten, harzigen Stämmen und Pilzen. Er hielt sich den Mantel unter dem Kinn zusammen und versuchte, den Kopf aus dem Wagenfenster zu halten.

»Machen Sie das Fenster lieber wieder zu«, sagte Jessen. »Gleich kommen noch ein paar Wochenendhäuser. Es wäre schön blöd, wenn man Sie hier sehen würde.«

»Ist da denn unter der Woche jemand?«
»Kann man nicht wissen. Im Sommer sind die Häuschen alle besetzt. Die ganze Großfamilie kommt in den Ferien raus. Im Winter passiert es natürlich selten, daß jemand da ist. Aber ein einziger, der Sie erkennt, genügt ja. Hier, das ist das Nachbarhaus. Verdammter Mist, die sind da.«
»Und jetzt?«
»Nichts. Sie werden denken, daß nur mal jemand nach dem Rechten sieht. Ich kenne sie nicht näher. Spießer. Daß Sie kein Feuer machen dürfen, habe ich Ihnen ja gleich gesagt. Es gibt eine Elektroheizung im Schlafzimmer, die können Sie anstellen. Ansonsten müssen Sie sich eben unter eine Decke verkriechen. Ich werde gleich noch mal losfahren und ein paar Lebensmittel für Sie besorgen.«
»Sie sind echt prima, Matthias«, sagte Tenzer. »Ich weiß gar nicht, wie ich Ihnen das je vergelten soll.«
Jessen fuhr den Wagen bis genau vor das Häuschen und schloß die Haustür auf. Die Nachbarin war schon auf der Schwelle ihres Hauses erschienen und winkte zur Begrüßung. Ihr Haus war ein rotes Steinhaus mit Schuppen und Garage im Anbau, umgeben von sorgfältig gepflegten Rabatten und einer ebenmäßigen Rasenfläche. Auf der anderen Seite des Weges schloß sich wieder der dichte Mischwald an, Fichten, Birken, vereinzelt Eichen und Buchen. Heide und Blaubeersträucher bedeckten den sandigen Boden. Das Haus, das Tenzer betrat, war ein Blockhaus aus dunklem Holz. Der hohe Giebel war auf der einen Seite bis zum Boden heruntergezogen. Nach hinten, zum Waldrand hin, gab es eine große Fen-

sterfront, die man im Sommer vollständig öffnen konnte. Ein Kamin war von draußen und drinnen zu heizen. Einfache Holzmöbel, rot und blau gemusterte Teppiche und Wandteppiche verbreiteten eine warme Atmosphäre, obwohl die Temperatur sich kaum von der Außentemperatur unterschied.

»Ein schöner Mist ist das. Ausgerechnet heute müssen die Nachbarn dasein. Sie bleiben sicher die ganze Woche hier. Ich glaube, der Typ ist Rentner. Das heißt, Sie dürfen die Bude absolut nicht verlassen, verstehen Sie? Die beiden haben Luchsaugen. Er ist leidenschaftlicher Jäger und äugt den ganzen Tag durch sein Fernglas.«

»Kein Problem. Ich habe schon längere Zeit auf kleinerem Raum verbracht«, scherzte Tenzer.

»Ich fahre jetzt in den Supermarkt. Brauchen Sie was Bestimmtes? Brot, Butter, Milch, Aufschnitt, ich hole uns eine Pizza für heute mittag. Rauchen Sie?«

Tenzer schüttelte den Kopf.

»Nicht mehr. War mir zu teuer im Knast. Ein paar Dosen Bier wären nicht schlecht. Und was zu lesen. Aber bloß keine Zeitung.«

»Gudruns Mutter hat oben ein Bücherregal, falls Sie Romane mögen. Bis gleich.«

Als Jessen zurückkam, hatte Tenzer Tee gemacht und den Backofen vorgewärmt. Er packte die Pizzas aus und schob sie in die Backröhre. Die Küche erwärmte sich etwas vom Herd her, und es wurde fast gemütlich. Draußen begann bereits das Licht zu schwinden. Zwischen den hohen Bäumen fiel die Dämmerung rascher herein als in der Stadt.

»Übrigens, als Sie weg waren, hat das Telefon geklingelt«, sagte Tenzer, als sie beim Essen saßen. »Ich dachte, ich gehe lieber dran, meine Stimme kennt ja niemand. Es war jemand von den Wasserwerken. Der war vielleicht froh, hier jemanden zu erreichen. Er muß die Wasseruhr ablesen. Ich habe ihm gesagt, wenn er sich beeilt, erwischt er Sie noch.«

Jessen hatte seine Gabel sinken lassen und sah Tenzer entgeistert an. Der Gedanke, daß hier im Haus das Telefon klingeln könnte, das Gudruns Mutter hatte installieren lassen, weil sie sonst Angst hatte, allein hier zu übernachten, war ihm noch gar nicht gekommen.

»Tun Sie das nicht wieder«, sagte er.

Tenzer aß mit Appetit.

»Okay, okay. Es war einfach ein Reflex. Ich dachte, Sie würden womöglich anrufen und fragen, ob ich lieber Gouda oder Edamer esse.«

»Machen Sie keine Witze.«

»Es kommt nicht wieder vor, okay? Obwohl es besser wäre, wenn ich ans Telefon ginge, denn dann könnten Sie mich anrufen, für den Fall, daß irgend etwas passiert.«

Jessen aß eine Weile schweigend. In seinem hellen, offenen Gesicht hatte sich über der Nasenwurzel eine steile Falte gebildet. Er sah streng und besorgt aus.

Tenzer versuchte, die Stimmung wieder zu lockern. Er goß Tee nach.

»Wir vereinbaren einfach ein Klingelzeichen«, schlug er vor. »Wenn Sie mich hier anrufen wollen, lassen Sie das Telefon zweimal klingeln, dann wählen Sie neu. Erst dann gehe ich dran. Abgemacht?«

»Ich hoffe, daß ich heute nachmittag noch den Anwalt erreiche und Sie morgen früh mit ihm sprechen können. Und daß Sie dann so vernünftig sind, sich der Polizei zu stellen.«

»Jetzt müssen Sie aber noch hierbleiben, bis der Mann von den Wasserwerken da war«, sagte Tenzer. »Ich kann dem Herrn doch die Tür nicht aufmachen.«

»Aber ich muß jetzt ins Büro!«

»Ich habe mir erlaubt, Sie dort zu entschuldigen.« Tenzers Stimme klang weich und heiter. Endlich kam seine Leichtigkeit zurück, die sehr gut erträgliche Leichtigkeit des Seins. »Ich dachte, es würde Ihnen vielleicht unangenehm sein, anzurufen, darum habe ich im Namen der Autowerkstatt angerufen und ausrichten lassen, daß Sie heute nachmittag nicht noch mal ins Büro kommen können. Ihr Wagen sei noch nicht fertig, und Ihre Mutter habe Sie gebeten, dringend nach Hause zu kommen. Frau Iden meinte, das würde nichts ausmachen; sie hoffte, daß zu Hause alles in Ordnung sei.«

Matthias Laurenz Jessen war weiß geworden wie die Wand. Er warf sein Besteck auf den Teller und sprang auf, knallte seinen Teller mit dem Rest Pizza ins Spülbecken und ging hinaus.

»Wir haben über hundert Hinweise«, rief Susanne Bollmann der Kommissarin zu, dann mußte sie wieder ans Telefon. Marie Maas schälte sich aus ihrer Lammfelljacke und hängte sie an den Kleiderständer. Karsten Scholz beugte sich über Yalcins Schreibtisch und studierte die Notizen.

»Kannst dich gleich wieder anziehen«, sagte er. »Hotel ›Seeschwalbe‹ am Mittelweg, Hanse-Bäckerei am Gänsemarkt, etliche private Beobachter, ein Fitneßstudio in der Hallerstraße, ein Autohändler, der Tenzer einen Jaguar Baujahr 1979 verkauft haben will – wir können uns gleich wieder auf den Weg machen.«

»Sieht so aus, als ob er das Grindelviertel gar nicht verlassen hat«, meinte Yalcin.

»Am Wochenende nicht. Aber wo steckt er jetzt?«

»Das war die Nordhypo-Bank am Gänsemarkt«, sagte Susanne Bollmann und legte den Hörer neben die Gabel. »Mein Gott, ist das ein Tag. Ich war noch nicht mal auf der Toilette. Könntet ihr mich mal ablösen für ’nen Augenblick? Yalcin ist zwischendurch einfach in die Kantine gegangen.«

»Haben Sie schon diesen Meyerdirks erreicht?« fragte die Kommissarin.

»Immer nur seinen Anrufbeantworter. Ich habe ihm jetzt draufgesprochen, er solle dringend hier anrufen. Falls er durchkommt.«

»Was wollte die Nordhypo?« Die Kommissarin schielte auf Susannes Notizblock. »O Gott. Diese Aktivbürger. Jeder zweite Hamburger hat Tenzer am Wochenende über seinen Balkon krabbeln sehen.«

»Göran Aizan hat dort gestern morgen ein Konto eröffnet. Ein Geschäftsgirokonto«, rief Susanne Bollmann und lief rasch zur Tür. »Es könnte Tenzer gewesen sein. Er hat fünfzig Mark eingezahlt. Die Bankangestellte, die ihn bedient hat, heißt Hillmann, genau wie unser Spürhund vom Labor.«

»Ich schlage vor, Karsten, du klapperst jetzt diese Adressen im Grindelviertel ab und versuchst herauszubekommen, ob Göran Aizan wirklich identisch ist mit Wilfried Tenzer. Ich werde hierbleiben und versuchen, seinen Komplizen, diesen Jessen, zu finden. Wenn wir ihn bis achtzehn Uhr nicht haben, geben wir seinen Namen über das Hamburg-Journal im Regionalprogramm raus.«
Beide Telefone läuteten.
»Und die Nordhypo-Bank?«
»Soll Susanne machen, dann kommt sie wenigstens mal raus. Ich werde Verstärkung besorgen für die Telefone, wie sollen wir sonst die ganzen Hinweise auswerten!«

Um halb sechs Uhr machte Wilfried Tenzer sich die erste Bierdose auf. Bedächtig ließ er das schäumende Bier in ein hohes Glas laufen, bis der letzte Tropfen aus der Dose fiel und eine hübsche, weiße Schaumkrone über der bernsteingelben Flüssigkeit stand.
»Nicht doch einen Schluck?« fragte er Jessen, der sich auf dem Sofa ausgestreckt und die Augen mit den Händen abgedeckt hatte.
»Nein, danke.«
»Alkohol entspannt, es würde Ihnen guttun. Ich kann mir ja vorstellen, wie Sie sich fühlen. Wenn man so gar nichts auf dem Kerbholz hat und dann in so eine Lage kommt. Mir geht es schließlich so ähnlich. Nur daß ich schon Erfahrung damit habe.«
Jessen antwortete nicht. Er war so gereizt, daß er fürchtete, Tenzer in der Luft zu zerreißen, wenn er die Beherr-

schung verlor. Der Typ vom Wasserwerk war bis jetzt nicht aufgetaucht.

»Jetzt fühle ich mich natürlich schuldig«, fuhr Tenzer fort. »Weil Sie hier warten müssen. Obwohl ich eigentlich nur konsequent gehandelt habe. Daß dieser Mensch von den Wasserwerken sich so verspätet, konnte ich nicht ahnen. Ich dachte, er ruft an, weil er sowieso in der Nähe ist, und die Angelegenheit wäre in einer halben Stunde erledigt.«

»Und wie kamen Sie darauf, bei mir im Büro anzurufen? Wissen Sie was? Ich glaube Ihnen jetzt überhaupt nichts mehr. Ich glaube Ihnen auch nicht diesen Typ von den Wasserwerken.«

Tenzer schwieg und nahm einen Schluck Bier. Es schmeckte köstlich. Es war gerade richtig. Noch nicht besonders kalt, aber schön frisch und spritzig. Das war Dosenbier immer, aber nur beim ersten Schluck. Danach wurde es schneller schal als das Bier aus der Flasche.

»Das Schönste, wenn man aus dem Knast kommt, ist der erste Schluck Bier«, sagte er leise. »Oder das erste Glas Wein. Oder das erste Mal mit einer Frau.«

Jessen stöhnte. Dann nahm er die Hand von den Augen.

»Wieso haben Sie eigentlich gesessen?« fragte er.

»Schwerer Betrug, Urkundenfälschung.«

»Urkundenfälschung?«

»Na ja, man nennt das so, wenn man einen falschen Ausweis benutzt.«

»Und Ihre Freundin, hat die mit Ihnen gemeinsame Sache gemacht?«

»Sie wollte schon, aber ich konnte damals keinen Ausweis für sie bekommen …«

»Wieso bekommen? Kann man die irgendwo bekommen?«

Tenzer trank von seinem Bier und wischte sich den Schaum von den Lippen.

»Nicht im Geschäft kaufen, falls Sie das meinen. Aber so unterderhand. Auf dem Kiez, in bestimmten Kneipen. Die Taschendiebe und Autodiebe können damit nichts anfangen und verkaufen sie. Aber natürlich nicht jedem.«

»Ach so.«

»Früher gab es eine Kneipe am Hansaplatz, dort verkehrten solche Leute. Aber es gibt sie offenbar nicht mehr. Ich habe sie jedenfalls nicht wiedergefunden.«

Jessen starrte auf Tenzers Bierglas.

»Wie lange waren Sie im Knast?«

»Zwei Jahre, ziemlich genau.«

»War es das erste Mal?«

»Nein. Das erste Mal war vor …, ach, das ist schon ziemlich lange her.«

»Weswegen?«

»Unterschlagung und Urkundenfälschung. Ich hatte in meiner Firma in die Kasse gelangt. In der Untersuchungshaft erklärte mir jemand, wie man das besser machen kann. Ich war ja ein Stümper, ein bierehrlicher Buchhalter. Er zeigte mir, wie man richtig Geld verdient.«

»Und wie macht man das?«

»Das bekommen Sie doch gerade mit. Akkreditivschwindel, Warentermingeschäfte. Besonders empfiehlt sich ein saftiger Konkurs. Überhaupt ist es am besten, man ist ein ganz normaler Geschäftsmann. Dann kann man die dicksten Dinger drehen. Firmenmäntel aufkaufen, zum Beispiel eine alte GmbH & Co. KG, die gut eingeführt war, aber Finanzprobleme hat, und die dann so richtig in den Konkurs fahren. Daran kann man eine Menge Geld verdienen. Dagegen sind wir doch nur kleine Fische, Scheckbetrüger, Eierdiebe, Stümper. Ich will Ihnen mal was sagen, ich hatte vor, mit Leila ein ganz normales, kleines, anständiges Leben zu führen. Und nun sehen Sie, wohin mich das gebracht hat.«

»Wer hat Ihre Freundin umgebracht?«

Tenzer schwieg. Sein Bier war alle, aber er stand nicht auf, um sich die nächste Dose aus dem Kühlschrank zu holen.

»Wenn ich es Ihnen sage, glauben Sie es mir doch nicht. Aber es gibt nur einen, der das Zeug dazu hätte und das Motiv. Aber der ist so gut wie unangreifbar.«

»Vielleicht hatte sie einen anderen Mann? Vielleicht hat sie Ihnen etwas verheimlicht. Zwei Jahre sind eine lange Zeit für eine einsame Frau.«

»Sie kannten Sie nicht. Leila war nicht so wie andere Frauen. Sie war zäh, wenn sie etwas wollte. Und sie hatte nie Geheimnisse vor mir. Sie hat in mir jemand ganz Wunderbaren gesehen. Sie können sich das vielleicht nicht vorstellen, aber ich habe es gespürt. Diese Frau hat mir ganz und gar gehört. Darum hätte ich ihr auch niemals etwas antun können. Nicht mal Angst hätte ich ihr einjagen können. Schon um nicht diese wahnsinnige Bewunderung für mich in ihren Augen zerbrechen zu sehen. Was gibt es denn Schöneres, als so vergöttert zu werden? Nur Kinder können so lieben, wie Leila mich geliebt hat. Verstehen Sie?«

»Ein bißchen.«

»Ich bin nie ein guter Gefangener gewesen«, sagte Tenzer nach einer Weile. »Ich kann den Knast einfach nicht aushalten. Ich hasse ihn. Ich hasse es, unter so vielen Männern zu sein. Ich bin nicht stark, ich kann mich schlecht durchsetzen. Ohne Leila hätte ich mir das Leben genommen. Ich schwöre es Ihnen, der Knast, das ist ein Mordversuch.«

»Warum?«

»Gefangene sind wie Tiere. Jedem geht es nur um den eigenen Vorteil. Wer nicht angreift, wird angegriffen, gnadenlos. Wer sich nicht zu retten weiß, und sei es mit Verrat und Hinterlist, der wird zertreten wie eine Wanze. Du kannst nicht still vor dich hin existieren im Knast. Du kannst nicht in Ruhe in deiner Zelle hocken und abwarten, daß die Jahre vergehen. Die anderen lassen es nicht zu. Sie provozieren dich. Sie denken, du hättest etwas, was sie nicht haben, und sie wollen es dir abjagen. Du bist eingesperrt mit diesem Auswurf der Gesellschaft, und du wirst bald selbst zu nichts als Dreck. Du wirst korrupt und grausam, und ehe du dich versiehst, bist du einer von den Schlimmsten. Nein, ohne Leila hätte ich diese zwei Jahre nicht überlebt. Durch sie bin ich ein Mensch geblieben, ein ganz einfacher Mann, der gegen die Gesetze verstoßen hat, der aber im Grunde seines Herzens ein Schaf ist und kein Wolf. Aber warum erzähle ich Ihnen das eigentlich alles. Sie glauben mir ja doch nicht.«

Tenzer stand auf. Die Fensterfront zum Waldrand war zu einem schwarzen, bedrohlichen Spiegel geworden. Er ging zum Kamin und blieb vor dem Holzkorb stehen.

»Was halten Sie davon, Matthias, wenn wir ein Feuerchen machen? Bleiben Sie doch heute abend einfach hier. Ich bitte Sie, bleiben Sie bei mir. Morgen tue ich dann alles, was Sie von mir verlangen.«

»Okay«, sagte Jessen und stand ebenfalls auf. »Aber mit dem Feuer, das lassen wir lieber. Oben steht ein Fernseher. Wir sollten uns lieber mal die Nachrichten ansehen.«

15

Die Kommissarin fuhr ohne zu frühstücken ins Präsidium. Sie ging direkt in die Kantine und ließ sich Kaffee und ein belegtes Brötchen geben. Nach sieben Uhr wurde es dort immer ruhiger. Die Nachtschicht war gegangen, die Frühschicht frühstückte erst später.
Dann ging sie in ihr Büro und nahm sich die Nachrichten der letzten Tage vor, die Briefe, Faxe und die Telefonnotizen. Es war etliches dabei, was nichts mit dem Fall Rolf zu tun hatte. Den wichtigsten Hinweisen waren sie schon nachgegangen.
Um halb neun klingelte zum ersten Mal das Telefon. Es war ein Polizeiwachtmeister von der Revierwache am Großneumarkt.
»Sie suchen doch einen Göran Aizan, nicht wahr? Wir haben ihn hier.«
Die Kommissarin riß ihre Jacke von der Garderobe und machte sich auf den Weg.
Eine Viertelstunde später saß sie einem etwa vierzigjährigen Mann mit pockennarbiger Haut, kohlschwarzem, glänzendem Haar und sehr breiten, behaarten Händen gegenüber, der sich in sehr korrektem Deutsch und mit der ausgesuchten Höflichkeit eines Arabers verteidigte.
»Sehr geehrte Frau Kommissarin, ich weiß nicht, was hier vor sich geht. Ich kann nicht verstehen, was diese Herren

von mir wollen. Sie haben mich verhaftet. Warum? Ich frage Sie, bitte, warum sperrt man mich ein? Ich bin Ausländer, aber ich bin nur zu Gast in Ihrem Land, ich will nicht hierbleiben, ich will kein Asyl, ich bin Geschäftsmann. Ich bin seit Samstag in Deutschland, und ich möchte heute abend wieder nach Hause, nach Damaskus. Ich habe Frau und Kinder. Ich verstehe nicht, worum es geht. Hier, bitte schön, das ist mein Rückflugticket.«

»Herr Aizan, Sie haben sich hier auf der Wache gemeldet, weil Ihnen Ihr Ausweis abhanden gekommen ist. Ist das richtig?«

»Ja, ich habe zufällig heute morgen festgestellt, daß ich meinen Paß verloren habe. Ich habe meine Sachen gepackt und wollte mein Gepäck zum Flughafen bringen lassen. Ich wohne im Hotel Steigenberger, hier um die Ecke. Da bemerkte ich, daß ich zwar Ticket und Brieftasche habe, nicht jedoch meinen Paß. Was sollte ich tun? Ich ging hierher, damit man mir ein Ausreisepapier ausstellt.«

»Herr Aizan, ich muß Sie bitten, mit mir mitzukommen ins Polizeipräsidium. Wir werden die Angelegenheit sehr schnell aufklären können, wenn wir Ihre Fingerabdrücke abnehmen. Das ist nur eine zusätzliche Sicherheit, auch für Sie. Ihr Ausweis wurde offenbar gestohlen. Und zwar von einem Mann, der zur Zeit wegen Mordverdachts gesucht wird.«

»Oh, mein Gott.«

»Kommen Sie, Herr Aizan, wir haben in diesem Zusammenhang ein paar Fragen an Sie.«

Im »Strohhaus« waren inzwischen auch Karsten Scholz, Yalcin und Susanne Bollmann angetreten. Sie telefonierten alle drei und schrieben eifrig mit. Die Kommissarin brachte Göran Aizan zum Erkennungsdienst, wo unmittelbar festgestellt werden konnte, daß es sich bei ihm definitiv nicht um Wilfried Tenzer handelte, und bewirtete ihn dann mit Kaffee in ihrem Dienstzimmer. Karsten Scholz kam herein, um das Protokoll aufzunehmen. Draußen klingelten inzwischen ohne Unterlaß die Telefone.

»Schon eine Spur von diesem Jessen?« fragte Marie Maas.

»Ja. Ich habe gerade mit seiner Mutter gesprochen. Ihr Sohn ist seit gestern abend verschwunden. Er ist Jurist, hat gerade sein Studium abgeschlossen. Hört sich nach einem Sohn aus gutem Hause an. Seine Mutter ist fest davon überzeugt, daß ihm etwas zugestoßen ist. Tenzer-Spuren haben wir bis hin nach Süddeutschland.«

»Herr Aizan, Sie haben den Diebstahl Ihres Passes erst heute morgen festgestellt«, sagte die Kommissarin. »Mit Ihrem Paß ist am Montag morgen bei der Nordhypo-Bank am Gänsemarkt ein Konto eröffnet worden. Haben Sie dieses Konto eröffnet?«

»Aber nein, ich habe meinen Paß seit der Paßkontrolle am Samstag am Flughafen nicht wieder in der Hand gehabt. Im Hotel wollte man ihn gar nicht sehen. Ich hatte ein Zimmer reservieren lassen und nannte dort nur meinen Namen. Ich bin mir ganz sicher, ich habe ihn seit Samstag mittag nicht mehr in der Hand gehabt.«

»Und Sie haben auch kein Konto eröffnet.«

»Aber nein, wozu sollte ich. Ich habe bereits Konten in Deutschland.«
»Karsten, versuch die Bankangestellte in der Nordhypo zu erreichen für eine Gegenüberstellung. Dann können wir ganz sicher sein«, sagte die Kommissarin. »Eine reine Formalität«, wandte sie sich wieder an Aizan. »Wann und wo könnte der Paß Ihnen abhanden gekommen sein? Haben Sie eine Idee, Herr Aizan?«
Der Syrer schwieg und dachte nach. Sein Gesicht war angespannt bis in den letzten Muskel. Er machte mit seiner ganzen Haltung, seiner Gestik deutlich, daß er unbedingt kooperativ und loyal sein wollte.
»Ich weiß es nicht. Ich habe meine Papiere die ganze Zeit in der Innentasche meines Jacketts gehabt. Hier.« Er knöpfte das Jackett seines grauen Kammgarnanzugs auf. Ein festes, warmes Tuch. Darunter trug er ein hellblaues Oberhemd. Über dem Rand eines weißen Unterhemdes schimmerte dichte, dunkle Brustbehaarung durch den Hemdstoff. In der Innentasche des Jacketts steckte seine Brieftasche.
»Haben Sie das Jackett irgendwo abgelegt? Außerhalb Ihres Hotelzimmers, meine ich?«
Aizan schüttelte den Kopf.
»Ich bin Samstag vom Flughafen aus zum Hotel gefahren, habe mich frisch gemacht und wurde dann von meinen Geschäftspartnern abgeholt. Wir aßen irgendwo in der Innenstadt. Ich bin nicht zum ersten Mal in Hamburg, aber ich habe keine sehr gute Orientierung, Sie müssen entschuldigen. Wir blieben den ganzen Abend über in diesem Restaurant, und ich habe mein Jackett

nicht ausgezogen. Am Sonntag trafen wir uns nach dem Frühstück. Ich habe mir die Lagerbestände im Freihafen angesehen – ich handele mit Teppichen. Wir aßen wieder zusammen, und ich bin dann mit einem Partner, Herrn Ahmet Khaddar, ins Bad gefahren. Es lag in der Nähe der Alster, wir sind am Wasser entlanggefahren, soviel weiß ich noch. Herr Khaddar zeigte mir sein Konsulat.«

»Welches?«

»Das türkische.«

»Tesdorpfstraße«, sagte Karsten Scholz. »Unten am Mittelweg. Wilfried Tenzer wohnte am Sonntag noch im Hotel ›Seeschwalbe‹ am Mittelweg.«

»Was war das für ein Bad?« fragte Marie Maas. »Eine private Einrichtung?«

»Nein«, sagte Aizan empört. »Nicht, was Sie meinen. Es gab keine Mädchen dort. Es war ein Sportzentrum mit Swimmingpool, Fitneßgeräten und so weiter. Wir waren aber nur im türkischen Bad. Herr Khaddar kannte sich dort aus und hat mich eingeladen.«

»Könnte das Fitneßcenter an der Hallerstraße gewesen sein«, warf Karsten Scholz ein.

»Dort haben Sie natürlich Ihre Kleider abgelegt«, fragte die Kommissarin weiter.

»Ich habe mich in einer Umkleidekabine ausgezogen und meine Sachen Herr Khaddar gegeben. Er hat sie eingeschlossen und mir später wieder ausgehändigt. Ich habe alles zurückbekommen, einschließlich Brieftasche. Mein Flugticket war im Hotel im Koffer. Meine Geldspange war noch da, ich habe hinterher das Taxi bezahlt. Ich hatte sie allerdings im Schuh versteckt. Reine Gewohnheit.«

Die Kommissarin stand auf und kam mit Susanne Bollmanns Notizblock zurück.

»Stimmt. Jemand aus einem Fitneßcenter an der Hallerstraße hat sich hier gemeldet. Tenzer soll dort am Sonntag abend gesehen worden sein.«

»Na bitte«, sagte Karsten Scholz. »Er war also gleichzeitig mit Herrn Aizan im Fitneßcenter und hat dort dessen Paß aus dem Jackett gestohlen. Wahrscheinlich hat er die Schränke aufgebrochen, das ist ein Kinderspiel. Mit ein bißchen Geschick kann man sie hinterher wieder zukriegen, ohne daß jemand etwas bemerkt. Am nächsten Morgen hat Tenzer mit dem Ausweis in der Nordhypo ein Konto eröffnet. Eine gewisse Ähnlichkeit mit Herrn Aizan besteht ja, wenn auch nur sehr entfernt. Wahrscheinlich wollte er irgendeinen Betrug organisieren, weil er blank ist wie eine Kirchenmaus, denn er hat nur fünfzig Mark eingezahlt. Trotzdem traf er sich mittags mit Jessen in der Brasserie des ›Elysée‹ und lud ihn zu einem fürstlichen Lunch ein. Am Montag abend hat er sich unter dem Namen Aizan in der Pension in der Bundesstraße einquartiert. Von dort ist er dann am Dienstag durch die Pressekampagne vertrieben worden.«

»Und ist seitdem spurlos verschwunden«, beendete die Kommissarin den Bericht von Karsten Scholz.

Göran Aizan hob bedauernd beide Hände.

»Was soll ich nun tun?«

»Sie kommen mit mir mit«, sagte Karsten Scholz. »Wir machen jetzt die Verlustanzeige fertig, damit bekommen

Sie ein Paßersatzpapier in Ihrem Konsulat. Mit dem können Sie heute abend problemlos ausreisen.«
»Was ist mit der Gegenüberstellung?« rief Marie Maas ihm nach. In dem Augenblick klingelte ihr Telefon.

Wilfried Tenzer sah Göran Aizan etwa so ähnlich wie Marie Maas Susanne Bollmann, nämlich überhaupt nicht. Er war schlank, fast mager, und hielt sich wie viele dünne Männer etwas gebeugt. Er hatte keinen Bauch hochzustemmen, keine geschwollene Brust zu recken. Seine Kleider waren zerknittert, als hätte er darin geschlafen. Der Mantel war an der Tasche ausgerissen. Seine Haare waren dunkelgrau und voll, konnten aber dringend eine Haarwäsche brauchen. Auch einen Rasierapparat schien Tenzer seit ein bis zwei Tagen nicht mehr gesehen zu haben. Sein Gesicht war faltig und eingefallen, der ganze Mann war ohne Lebensmut und Drive, als er sich am frühen Nachmittag, von zwei Beamten eskortiert, durch die Tür schob. Er ließ sich auf den Holzstuhl vor dem Schreibtisch der Kommissarin fallen und starrte mit leerem Blick auf den Fußboden.
»Draußen ist der andere, dieser Matthias Laurenz Jessen. Er gibt an, Tenzer hergeschafft zu haben. Seine Mutter ist auch da.«
»Ist in Ordnung. Lassen Sie sie draußen warten. Aber getrennt.«
Die beiden Beamten verschwanden. Marie Maas blieb mit Tenzer allein.
»Ich habe sie nicht umgebracht«, sagte Tenzer tonlos. »Ganz egal, was Sie mit mir machen, Sie werden

nichts anderes zu hören bekommen. Weil es die Wahrheit ist.«

Marie Maas setzte sich hinter ihren Schreibtisch.

»Macht es Ihnen etwas aus, wenn ich ein Tonband mitlaufen lasse?«

»Nein.«

»Ihr Name ist Wilfried Tenzer, geboren am zweiten April 1949 in Usingen/Taunus, zuletzt wohnhaft in der JVA Butzbach. Sie sind am Freitag, dem 6. Dezember, um neun Uhr zwanzig aus der Haft entlassen worden.«

Tenzer nickte müde.

»Am Abend desselben Tages ist Ihre Verlobte Leila Rolf in ihrem Ladengeschäft am Grindelhof ermordet worden. Ihr Tod trat gegen achtzehn Uhr ein. Wo waren Sie um diese Zeit? Ich will alles hören, jedes Detail. Ich mache Sie darauf aufmerksam, daß ab sofort jede Aussage gegen Sie verwendet werden kann. Sie haben das Recht, einen Anwalt Ihres Vertrauens heranzuziehen. Möchten Sie telefonieren?«

»Nein.«

»Sie haben sich freiwillig gestellt, Herr Tenzer. Das ist schon einmal ein großes Plus auf Ihrer Seite. Machen Sie jetzt weiter so, erzählen Sie uns die ganze Wahrheit.«

»Ich habe es vor«, sagte Tenzer gereizt. »Ich kam gegen achtzehn Uhr am Freitag mit dem Zug in Hamburg an und stieg am Dammtor aus. Von dort aus bin ich zu Fuß zum Grindelhof gelaufen. Ich wußte nicht genau, welches Geschäft Leilas war. Sie hat den Laden erst aufgemacht, als ich schon in Haft war. Ich glaube, Leila wurde genau in dem Augenblick umgebracht, als ich ihren Laden entdeckte. Ich sah sie mit ihrem Mörder kämpfen. Eine dunkle Gestalt, die sie festhielt.«

»Sie haben nicht eingegriffen?«

»Ich konnte nicht! Die Ladentür war verschlossen. Ich habe an die Scheibe geklopft, ich glaube, ich habe auch gerufen, aber die beiden verschwanden wieder im Hinterzimmer. Vielleicht hat Leila mich noch gehört, ich weiß es nicht. Ich suchte nach einem Weg, um von hinten in den Laden zu kommen, oder von der Seite. Ich rannte über eine Baustelle, es war sehr matschig und dunkel. Irgendwann fand ich eine Tür in einer Bretterwand, ich stieß sie auf und stand im Hinterhof des Hauses, in dem Leilas Laden sich befindet. Ich suchte alle Winkel ab, aber nirgendwo war eine Spur des Mörders zu finden. Er war wie vom Erdboden verschluckt. Ich ging zum Haus. Die Hintertür stand offen. Ich trat ein und sah Leila über dem Stuhl liegen. Sie lag da wie eine Blume, die man gepflückt hat. Eine schlappe, tote Blume. Ich wollte zu ihr gehen, ich wollte sie aufheben, aber meine Hände waren ganz schmutzig. Ich blutete an der Hand. Leilas Augen waren offen und starr. Ich sah, daß sie tot war. In dem Augenblick ging die Treppenhausbeleuchtung an, es kam jemand von oben heruntergelaufen. Ich bekam plötzlich Angst und rannte hinaus.«

»Sie haben den Täter gesehen, beschreiben Sie ihn.«

»Ich habe nur einen schwarzen Schatten gesehen, einen Arm, der nach Leilas Arm faßte. Nicht mal seine Gestalt.«

»War es ein Mann oder eine Frau?«

»Ein Mann. Ich weiß es nicht. Meinen Sie, es war eine Frau?«

»Haben Sie gesehen, wie er in den Laden gekommen ist? Hat Leila ihn durch die Hintertür hereingelassen? Wenn die Ladentür schon verschlossen war, als sie umgebracht wurde, könnte das bedeuten, daß sie den Täter kannte, mit ihm allein sein wollte.«

»Ich weiß es nicht. Er muß schon dagewesen sein, als ich kam.«

»Warum wußte Leila nicht, daß Sie an diesem Tag entlassen wurden? Soweit wir wissen, ist Ihnen der Bewährungsbeschluß schon am Abend vorher eröffnet worden.«

»Ich habe es ihr nicht erzählt. Ich wollte sie überraschen. Ich habe zwar am Donnerstag abend noch mit ihr telefoniert, und sie fragte mich auch, ob ich endlich etwas gehört hätte, aber ich habe es ihr nicht verraten. Ich hatte Angst, daß noch etwas dazwischenkommen könnte.«

»Was?«

»Was weiß ich. Es ist mir schon mal passiert. Irgend etwas. Ich wollte ihre Freude sehen, wenn ich plötzlich auftauche. Zwei Jahre lang hat sie mich besucht. Sie hat mich nicht ein einziges Mal warten lassen. Sie hat mich nie versetzt. Sie war die beste Frau, die man sich vorstellen kann.«

»Sie wissen, daß Ihre Lage schwierig ist, Herr Tenzer. Sie haben kein Alibi für die Tatzeit, schlimmer noch, Sie waren zur Tatzeit am Tatort. Sie hatten eine enge Liebesbeziehung zu der Toten, die durch die lange Haft sicher belastet war.«

»Ich habe sie nicht umgebracht. Ich habe Leila geliebt.«

»Wenn Leila nun aber doch nicht ganz so ideal war, wie Sie es sich in der Haft vorgestellt haben? Wenn sie nun doch jemand anderen kennengelernt hat in der Zwischenzeit? Sie tauchen auf ohne Vorankündigung. Leila Rolf konnte sich ziemlich sicher sein, daß Sie an diesem Tag nicht kommen würden; schließlich hatten Sie ihr doch am Vorabend bestätigt, daß Sie noch keine Nachricht vom Gericht hätten, noch keinen Bescheid über Ihre Bewährungssache. Nehmen wir an, es gab noch jemand anderen außer Ihnen, vielleicht jemand, der Leila gar nicht so wichtig war, eine Notlösung, ein Tröster in Ihrer Einsamkeit. Und dann tauchen Sie plötzlich auf, während der Unbekannte Leila von der Arbeit abholt. Sie stehen sich gegenüber, Sie durchschauen die Situation, und in der Aufregung Ihres ersten Tages in Freiheit, in diesem Taumel, trifft sie plötzlich wie ein Schlag die Erkenntnis, daß Sie Ihre Freundin nicht mehr für sich allein haben, schon lange nicht mehr für sich allein hatten – die Haft ist eine psychisch sehr belastende Situation, Herr Tenzer. Die Rückfallquote der Haftentlassenen ist auch deshalb so hoch, weil die meisten Menschen mit dem Abgleich von Wirklichkeit und Phantasie in den ersten Tagen nach der Haft einfach nicht klarkommen. Sie fühlen sich übervorteilt, beraubt. Erst wird ihnen die Realität entzogen, und dann werden auch noch die Illusionen, die in der Haft überlebensnotwendig waren, zerstört. Das ist ein schwerer Schock. Sie waren nicht zurechnungsfähig in dem Augenblick, als Sie Leila mit dem anderen zusammen überraschten.«

»Ich habe Leila nicht mit jemand anderem überrascht«, sagte Tenzer ruhig. »Ihr Gedankengang ist zwar nachvollziehbar, aber er entspricht absolut nicht den Tatsachen.«

Marie Maas legte den Kugelschreiber beiseite, mit dem sie herumgespielt hatte.
»Aber Sie geben zu, daß Sie zur Tatzeit am Tatort waren?«
»Ja.«
»Wir haben es sowieso schon durch die Blutprobe und anhand der Fingerabdrücke festgestellt.«
»Ich weiß.«
»Sie wissen es, und darum haben Sie es zugegeben.«
»Nein. Ich gebe es zu, weil es die Wahrheit ist. Kommissarin, wenn ich Leila umgebracht hätte, warum habe ich dann mein Geld nicht mitgenommen?« Tenzer sprach immer noch ruhig und sehr leise.
»Welches Geld? Wir haben kein Geld gefunden. Außer dem Wechselgeld in der Kasse und zweihundert Mark in ihrem Portemonnaie.«
»Leila hatte es versteckt.«
»Wo?«
»Werden Sie mir glauben, daß ich Leila nicht umgebracht habe, wenn wir das Geld finden? Ich müßte es Ihnen nicht sagen.«
»Und wenn das Geld nicht mehr da ist?«
»Es ist da. Es muß dasein.«
»Es wäre ein Zeichen Ihrer Aufrichtigkeit.«
»Wie die Tatsache, daß ich mich selbst gestellt habe.«
»Genau. Aber wo ist es?«
»In der Schneiderpuppe«, sagte Tenzer aufs Geratewohl.
Marie Maas sah Tenzer einen Augenblick lang stumm an.
»Die Puppe ist weg«, sagte sie schließlich.
»Weg?«

»Sie ist vermutlich seit der Tat verschwunden. Oder kurz vorher. Oder haben Sie sie noch im Laden gesehen?«
Tenzer schüttelte den Kopf. Aber mehr aus Unglauben, als um die Frage zu beantworten.
»Ich habe nicht darauf geachtet. Ich habe gar nicht an die Puppe gedacht. Es fiel mir erst jetzt ein, daß das Geld darin sein könnte.«
»Wieviel Geld hatte Leila für sie aufgehoben?«
»Zwanzigtausend. Mein Startkapital, unser Startkapital in eine neue Zukunft. Es war alles, was ich hatte. Es war bestimmt im Körper der Puppe versteckt. Es gab da eine Tasche.«
»Wer wußte alles von dem Geld? Vielleicht haben wir nun endlich das Motiv für den Mord.«
»Kein Mensch wußte davon.«
»Das denken Sie.«
»Das weiß ich.«
Die Kassette war voll, und Marie Maas drückte auf den Stopschalter des Kassettenrecorders.

16

Eine Woche lang geschah gar nichts. Tenzer wiederholte immer das gleiche.

»Ich bin unschuldig. Ich habe Leila nicht umgebracht. Der Mörder läuft draußen frei herum.«

Susanne Bollmann schaffte es mit ihrer zähen, fleißigen Art, Chris Meyerdirks ans Telefon zu bekommen. Der Illustrator hatte kurz und knapp geantwortet, daß Richter Rolf einen Schlüssel für seine Wohnung besäße und er nicht wüßte, wann er gekommen wäre, um seinen Dackel abzuliefern. Er selbst wäre gegen neunzehn Uhr nach Hause gekommen und habe Thomas Rolf zum Bahnhof gebracht. Kein Zeuge hatte Richter Rolf im Hausflur gesehen.

Spät am Abend ließ Marie Maas Wilfried Tenzer noch einmal ins Präsidium bringen. Yalcin holte ihm eine Dose Bier. Der Mann sah aus, als wäre er in den letzten Tagen um Jahre gealtert.

»Was wissen Sie über Leilas Exmann?« fragte die Kommissarin, nachdem Tenzer sich das Bier in ein Wasserglas gegossen hatte. »Warum wollen Sie nicht über ihn reden? Wir wissen inzwischen, daß er einen Freund hat. Er ist schwul. So etwas kommt vor, auch unter Richtern.«

»Dann haben Sie doch endlich das Motiv. Natürlich hat Thomas Rolf Leila auf dem Gewissen.«

»Warum? Weil sie ihn erpreßt hat?«
Tenzer trank sein Bier und starrte auf seine Hände.
»Sie ist tot, Mann. Warum versuchen Sie denn immer noch, sie zu schützen? Sie ist ermordet worden, Sie selbst stehen unter Mordverdacht, Ihr Geld ist futsch, was haben Sie eigentlich noch zu verlieren, Tenzer? Warum packen Sie nicht endlich aus?«
»Leila hat ihn nicht erpreßt«, sagte Tenzer. »Sie hat ihn nur manchmal um Hilfe gebeten. Er hat freiwillig gezahlt.«
»Womit hat sie ihm gedroht?«
»Ich sage doch, sie hat ihm nicht gedroht. Er fühlte sich für sie verantwortlich.«
»Warum?«
»Er hat Leila von Finnland nach Hamburg geholt. Und dann hat seine Schwester ihr das Leben zur Hölle gemacht. Katja hat Leila gehaßt bis aufs Blut. Und Thomas Rolf hat immer nur daneben gestanden und gesagt: Ach, streitet euch doch nicht. Der Mann ist total unfähig, mit Frauen umzugehen. Aus lauter Angst vor Frauen ist er schwul geworden.«
»Haben sie jemals eine richtige Ehe geführt?«
»Sie meinen, ob die beiden jemals miteinander geschlafen haben? Nein, haben sie nicht. Nicht in Finnland und nicht in Deutschland. Thomas Rolf wollte nur eine Frau vorzeigen können, das gehört sich so für einen Mann, der Karriere macht. Man muß verheiratet sein, am besten zwei Kinder haben. Leila wußte das, als sie mit ihm nach Deutschland ging. Es war ein Deal. Sie wollte weg aus Finnland, und er brauchte eine Frau zum Vorzeigen. Nur

mit der Schwester haben sie beide nicht gerechnet. Sie hat überall erzählt, Leila wolle keine Kinder haben und würde sich über ihren Bruder lustig machen. Dabei liebte Leila Kinder und wollte unbedingt welche haben.«

»Wußte Katja Rolf nicht von diesem Deal, wie Sie es nennen?«

»Nein. Aber sie kennt doch ihren Bruder. Sie ist schuld an allem.«

»Wie meinen Sie das?«

»Sie hat ihn erdrückt mit ihrer Liebe, ihrer sogenannten Liebe. Sie hat jede andere Frau neben ihm weggebissen, bis er schließlich unfähig war, eine Frau wirklich zu lieben. Ich glaube, er haßt alle Frauen.«

»Er hat auch Leila gehaßt?«

»Er hat sie behandelt wie eine Puppe, die man kauft und in eine Vitrine stellt zum Anschauen. Leila war aber verdammt aus Fleisch und Blut und wollte leben.«

»Thomas Rolf hat für Freitag abend ab halb vier Uhr nachmittags kein Alibi. Wäre es möglich, daß er es war, den sie am Tatort haben weglaufen sehen?«

»Ich sagte doch, ich habe niemanden erkennen können. Es ging alles viel zu schnell. Ich bin mir aber ganz sicher, daß er es war, wer denn sonst? Trotzdem – Sie werden ihn ja doch nicht verhaften. Ein Hund pißt doch dem anderen nicht ans Bein.«

»Nicht ohne Beweise, jedenfalls«, sagte die Kommissarin trocken.

Irgendwann konnte Marie Maas Tenzers triste Miene nicht mehr ertragen. Vielleicht konnte sein Haftbefehl aufgehoben werden, wenn sie die Schneiderpuppe finden würden? Aber wer die Puppe hatte, war womöglich auch der Mörder. Und da biß sich die Katze in den Schwanz.

Am nächsten Tag verließ sie schon mittags das Präsidium. Sie konnte die farblosen Büroräume ihrer Dienststelle, in denen sie seit Tagen bis spätabends gehockt hatte, nicht mehr sehen, genausowenig wie die ausgelaugten Gesichter ihrer Kollegen. Alle hatten schlechte Laune, wie immer, wenn eine Ermittlung nicht richtig vorankam. Karsten Scholz beschwerte sich, daß Yalcin sein Butterbrotpapier im Dienstwagen hatte liegenlassen. Susanne Bollmann zankte sich mit ihren Kollegen herum, weil niemand bereit war, die Kaffeemaschine zu entkalken. Es war Freitag vor Weihnachten, und der Kommissarin fiel plötzlich ein, daß sie noch kein einziges Weihnachtsgeschenk eingekauft hatte. Sie stand einfach auf und machte sich aus dem Staub.

Es hatte vor ein paar Tagen angefangen zu frieren, und die Temperatur sackte immer weiter ab. Man sprach schon davon, daß in diesem Winter vielleicht wieder die Alster zufrieren würde. Marie Maas fuhr an der Sechslingspforte Richtung Kennedybrücke an dem Binnensee vorbei, ohne sich entscheiden zu können, ob sie lieber in die Innenstadt oder zu den Buchläden im Grindel wollte. Noch war die Alster nicht einmal mit einer dünnen Eisdecke überzogen. Die Enten schwammen nahe am Ufer und tauchten nach Brotkrumen, die ihnen von Spaziergängern zugeworfen wurden. Wenn es aber wirklich weiterfror, konnte man zu Fuß bald auf dem direktesten

Wege von Uhlenhorst und St. Georg nach Rotherbaum und Harvestehude gelangen, sofern man sich getraute, den stillen Weg über die riesige, weiße Eisfläche zurückzulegen. Wenn man sich etwa in der Mitte der Eisfläche befand, war man auch etwa in der Mitte der großen Stadt, die mit immer leiser und undifferenzierter werdendem Gebrumm zurückwich und schließlich nur noch ihre friedlich angeweißten, winterlichen Konturen zeigte. Man sah und hörte von hier aus nicht mal mehr die Autos, die überall sonst in der Stadt das Bild beherrschten. Dafür sah man Dächer, Kirchtürme, vom Eise versilberte Baumkronen, man erkannte die grünen Kupferdächer des Hotels »Atlantik«, des Rathauses und der Prachtvillen rund um die Außenalster. Man sah viel Weiß, einen blaugrauen Himmel, pastellgrüne und rosa Tupfer und immer dunkleres Grau und schließlich Schwarz dort, wo die Autos und die Menschen verkehrten. Man war mitten in einer großen Stadt und doch so weit fort wie in einem anderen Land. Und wenn man Glück hatte, kam man heil ans andere Ufer.

Marie Maas bog vor dem Dammtor ab in die Rothenbaumchaussee, an der Moorweide gab es meistens freie Parkplätze. Eine Stunde verbrachte sie in den Buchläden an der Grindelallee und kam mit einer Sonderausgabe Hofmannsthal, Gesammelte Werke, einem antiquarischen Fontane, einem Ratgeber für die gesunde Küche für Singles und einem Zehnerpack Hörspielkassetten, alles Weihnachtsgeschenke für Tomkin, wieder heraus. In einer Boutique gleich nebenan probierte sie so lange immer die gleiche Art Pullover, bis sie eine Größe und

Farbe fand, die ihr zusagten. Vorsichtshalber, denn sie wußte nicht, wann sie wieder einmal in die Lage käme, in Ruhe Pullover zu probieren, nahm sie gleich alle drei dieser Machart, die vorrätig waren. Um Hosen anzuprobieren, war sie zu faul. Sie hätte dazu die dicken Winterstiefel ausziehen müssen und schwitzte schon von der Gymnastik in der engen Umkleidekabine.

Sie schlenderte weiter bis zum Abaton-Kino und nahm sich ein Programmheft mit, um vielleicht für die Weihnachtstage einen guten Film auszusuchen. Dann überquerte sie den Grindelhof und starrte in die Auslagen von Leila Rolfs Boutique. Zwei Wochen erst war der Laden geschlossen, und schon sahen die Auslagen verstaubt aus, sie schienen plötzlich altmodisch und überholt zu sein. Diese dünnen Kleidchen, warum hatte Leila keine Wintermode dekoriert? Wahrscheinlich hatte die Finnin über den Hamburger Winter nur gelacht.

Eine Tür weiter duftete das Weihnachtsgebäck von Café Neumann. Marie Maas betrat die Bäckerei und reihte sich ein in die lange Schlange am Kaffeetresen. Kaum hatte sie sich für ein Stück Kuchen entschieden, war sie auch schon an der Reihe.

»Einen Becher Kaffee bitte und ein Stückchen Kirschstreusel«, sagte sie. Eine große, mollige Frau bediente heute hinter dem Kaffeetresen. Sie hatte die schwarzen Haare stramm im Genick aufgesteckt zu einem mächtigen Haarknoten aus Großmutters Zeiten.

»Sind Sie neu hier?« fragte Marie Maas, während sie ihr Portemonnaie herauskramte.

»Ich? Warum fragen Sie?« sagte die Bäckereiverkäuferin und rollte kräftig das R.
»Sonst muß man hier immer so lange warten.«
Die dicke Frau gab das Wechselgeld heraus.
»Ich bin schon viele Jahre hier, aber das hat mir noch niemand gesagt.«
»Sie sind schon lange hier? Ich habe Sie noch nie hier gesehen. Haben wir haben denn schon mit Ihnen gesprochen?«
»Warum sollten Sie denn mir gesprochen haben?«
Die Leute in der Schlange hinter Marie Maas wurden unruhig. Die Kommissarin zog ihre Polizeimarke aus der Tasche.
»Kriminalpolizei. Ich ermittle im Fall Leila Rolf«, sagte sie so leise wie möglich.
»Oje, oje«, sagte die Verkäuferin. »Die arme Frau. Sie war eine Gute, Liebe.«
»Wenn Sie vielleicht jetzt einen Augenblick Zeit hätten?«
»Natürlich.« Die Frau zog ihre Schürze gerade und wischte sich die Hände an einem Lappen ab. Ihre Kollegin zuckte nur die Achseln, mit einem Blick auf die langen Schlangen am Brot- und am Kaffeetresen.
»Ich habe nur ein paar Fragen. Es geht ganz schnell. Setzen wir uns nach oben? Wie heißen Sie?«
»Emina Mucic. Ich bin aus Bosnien. Aber ich bin schon seit vielen Jahren in Hamburg. Seit dreiundzwanzig Jahren, um genau zu sein.«
»Sie kannten die Tote gut, Frau Mucic?«
»Sehr gut. Und ich hatte sie so gern. Sie kam jeden Morgen kurz vor zehn und holte sich einen Becher Kaffee

und ein Mettbrötchen. Manchmal ließ sie nachmittags Kuchen holen, wenn sie Besuch hatte. Aber das war selten. Brot kaufte sie auch bei uns. Dreikornbrot meistens. Und am Wochenende ein Weißbrot. Sie aß ja nicht viel. Sie war ja nur eine Handvoll.«

»Was heißt das, wenn sie Besuch hatte? Wissen Sie, wer Frau Rolf manchmal besuchte?«

»Nein, das kann ich Ihnen nicht sagen. Vielleicht Kundinnen, die bei ihr einkauften. Und dann die Kleine, die Studentin, die bei ihr arbeitete. Aber die aßen ja beide nicht viel. Höchstens mal ein Stückchen Streuselkuchen. Genau wie Sie.«

Emina Mucic wedelte abschätzig mit der Hand über Marie Maas' leerem Kuchenteller. Sie hatte kräftige, runde Unterarme, ebensolche Oberarme und einen mächtigen Busen. Ihr Gesicht wurde dominiert von den eindrucksvollen schwarzen Augen, mit denen sie rollen konnte wie ein Stummfilmstar. Dichte schwarze Augenbrauen unterstrichen das Mienenspiel.

»Frau Rolf hatte immer Zeit für ein paar nette Worte. Aber Sie sehen ja, wie es hier zugeht. Man hat nie eine ruhige Minute.«

»Haben Sie auch am Freitag, dem sechsten Dezember, mit ihr gesprochen?«

»Das war der Tag, an dem sie umgebracht wurde, nicht wahr? Ja, ich erinnere mich ganz genau daran. Es war nämlich mein letzter Arbeitstag. Am nächsten Morgen bin ich mit meinem Sohn und meiner Tochter nach Hause gefahren, nach Bosnien. Wir haben Möbel und Sachen hinbringen müssen und einen Ofen für den

Winter, für meine Mutter und meinen Onkel. Bei ihnen ist alles kaputt. Darum habe ich erst gestern, als ich wiederkam, von dem Unglück erfahren. Frau Rolf war am Freitag wie immer hier gewesen und hat sich Kaffee und ein Mettbrötchen geholt. Wir sprachen kurz über meine Reise und über das Wetter, es regnete stark. Ich wollte ihr eine Tüte geben für das Brötchen, aber sie meinte, sie ginge unter dem Vordach entlang. Und das war das letzte Mal, daß ich sie gesehen habe. Den Mörder haben Sie schon gefunden, aber was hilft das? Davon wird sie auch nicht wieder lebendig.«

»Vielleicht haben wir den Täter gefunden. Es gibt leider noch ein paar Unklarheiten. Waren Sie einmal in Frau Rolfs Laden?«

»Ein- oder zweimal. Sie hatte nichts in meiner Größe. Ich muß sagen, sie hat auch ganz schöne Preise. Ich kann mir solche Sachen nicht leisten. Schließlich muß ich meine Familie unterstützen und ...«

»Frau Mucic, erinnern Sie sich vielleicht noch an die Schneiderpuppe, die neben der Kasse stand?«

Die Frau schwieg und sah etwas ratlos vor sich hin.

»Schneiderpuppe? Meinen Sie die alte Schaufensterpuppe? Was ist denn mit der?«

»Es ist möglich, daß in dieser Puppe Geld versteckt war.«

»Geld? Ich habe die Puppe nicht.«

»Aber Sie wissen, daß sie nicht mehr im Laden steht?«

»Haben Sie das eben nicht gesagt?«

»Nein«, sagte Marie Maas und musterte ihr Gegenüber aufmerksam. Die Frau schien ganz aufgelöst zu sein.

»Ach, die alte Puppe wollte Frau Rolf weggeben. Schon lange. Die Frau wollte sie verkaufen.«
»Sie wollte ihre Schneiderpuppe verkaufen?«
»Ja. Sie sagte, sie brauche sie nicht mehr. Sie wollte sie mir nämlich verkaufen für meine Mutter, meine Mutter näht alles selbst. Aber ich konnte sie nicht bezahlen. Sie wollte fünfhundert Mark dafür haben. Stellen Sie sich das vor, für eine einfache Schneiderpuppe. Wie soll ich das bezahlen? Aber Frau Rolf meinte, sie wäre antik.«
»Hat sie gesagt, wem sie die Puppe verkaufen wollte? Das ist jetzt sehr wichtig, Frau Mucic. Das könnte eine sehr wichtige Spur sein.«
»Ach Gott, ach Gott, wer hätte das gedacht. Wegen einer Schneiderpuppe soll sie umgebracht worden sein? Das kann doch nicht wahr sein. Sie irren sich bestimmt. Ich weiß wirklich nicht, wo die Puppe ist.«
Die Bäckereiverkäuferin strich sich über die bloßen Unterarme, auf denen sich die Härchen aufgerichtet hatten. Als Marie Maas schwieg, redete sie weiter.
»Vielleicht wollte sie eine Anzeige aufgeben? Vielleicht hat sie so etwas gesagt. So genau habe ich nicht zugehört. Vielleicht hat sie es auch gar nicht erzählt? Nicht wahr? Was redet man schon mit einer Bäckersfrau? Nichts Wichtiges, nicht wahr?«
»Ich muß Sie bitten, mit mir ins Präsidium zu kommen, Frau Mucic, wir müssen ein Protokoll aufsetzen über Ihre Aussage. Was Sie sagen, kann sehr wichtig werden.«
»Ich kann hier jetzt nicht weg«, sagte Emina Mucic entschieden und stand auf. »Oder wollen Sie, daß ich meine Arbeit verliere?«

»Dann müssen Sie eben morgen oder am Montag zum Strohhaus kommen. Sonst muß ich Ihnen eine Vorladung schicken. Den Verdienstausfall bekommen Sie ersetzt. Versprechen Sie mir, daß Sie kommen werden, Frau Mucic?«

Die schwarzen Augenbrauen waren zu einem dunklen Balken zusammengezogen, aber Emina Mucic nickte.

»Sie können sich auf mich verlassen.«

17

»Am besten kann man in Deutschland alte Säbel, Pickelhauben, Stahlhelme und Orden verkaufen«, sagte Tomkin.

»Du übertreibst«, sagte Marie Maas. »Möbel stehen immer noch ganz obenan. Hör zu: Spiegel, Lampen, Terrakotta, Möbel, Steinzeug, Bunzlauer. Was ist denn das?«

»Keramik aus Bunzlau. Das liegt in Schlesien. Heißt heute …«

»Warte, ich weiß es, Boleslawiec, oder so ähnlich. Wir waren einmal dort mit Izabela. Und hier gibt es historisches Baumaterial: Bodenplatten, Wandfliesen, Holz, Ziegelsteine – was soll denn das?«

»Gute Restaurateure flicken antike Möbel nur mit altem, ebenfalls antikem Holz«, sagte Tomkin. »Ein Freund von Eric ist Möbeltischler und hat sich auf die Reparatur von Biedermeiermöbeln spezialisiert. Er kauft dafür alte, kaputte Möbel …«

Das Telefon klingelte.

»Augenblick, bitte. Darf ich?«

Die Kommissarin stand vom Frühstückstisch auf und zeigte auf das Radio. Als Tomkin nickte, drehte sie es leiser. In wenigen Minuten begann seine Lieblingssendung, der »Radio-Basar«, wie jeden Samstag auf NDR 4.

Am Telefon war Susanne Bollmann, um mitzuteilen, daß sie seit acht Uhr im Büro war und bereits rund zwanzig Antiquitätenhändler angerufen hatte, bei etwa der Hälfte der Anschlüsse weisungsgemäß eine Nachricht auf den Anrufbeantworter gesprochen, mindestens fünfmal niemanden erreicht und bei den anderen negative Antworten erhalten hatte.
»Niemand hat in der letzten Zeit eine Schneiderpuppe oder Schaufensterpuppe gekauft, gesucht oder angesehen. Einer konnte sich allerdings daran erinnern, mit Leila Rolf telefoniert zu haben. Das heißt, sie hat ihn angerufen und ihm die Puppe angeboten.«
»Wie heißt er?«
»Piper. Am Weidenstieg. Das ist bei dir um die Ecke.«
»Ich gehe gleich bei ihm vorbei. Danke, Susanne. Weiter so. Kommt Yalcin auch noch ins Büro?«
»Der doch nicht. Er hat eine neue Freundin. Überstunden sind seitdem nicht mehr drin.«
»Das hält nicht lange. Ärgere dich nicht. Bis später.«

Tomkin konnte nicht mitkommen, weil er den »Radio-Basar« hörte, und Marie Maas nahm den Wagen, obwohl das Wetter klar und frostig war und ein Spaziergang durch Eppendorf und Eimsbüttel am geschäftigen Samstagmorgen eine gute Sache wäre. Faulheit siegte.
Im Weidenstieg erkämpfte sie sich einen Parkplatz direkt vor dem Antiquitätenladen. Draußen vor dem Geschäft waren Kiefernholztische und eine Kommode aufgestellt. Die Preise bewegten sich zwischen neunhundertneunzig und tausend Mark. Die Möbel waren sorgfältig abgebeizt,

geschliffen und gewachst und in gutem Zustand. Trotzdem zu teuer.
Im Laden roch es nach Holz und Bienenwachs. Weiter hinten wurde es muffiger. Kein Mensch kümmerte sich um sie. Marie Maas arbeitete sich durch das Gerümpel. Die aufgearbeiteten Möbel wichen altem, häßlichem Plunder. Ein mächtiges schwarzes Buffet thronte am Ende des Ladenraumes, daneben führte eine Tür ins Lager. Berge von Möbeln stapelten sich bis unter die Decke. Vieles war zerbrochen. Tische mit drei Beinen, Stühle ohne Sitz, Rohrsessel, in denen man durchrutschen konnte. Nur ein schmaler Durchgang war freigelassen worden, von wo aus man sich mit ein bißchen Geschick weiter vorarbeiten konnte.
Rechts neben dem Lager befand sich die Küche, die vor Dreck starrte. Eine Kaffeemaschine stotterte vor sich hin, in Abständen sprühte schnaufend Wasserdampf aus den verstopften Düsen. Auch hier war kein Mensch zu sehen.
»Ist da jemand? Herr Piper?«
Nach einer Weile kam die Antwort.
»Nur nichts überstürzen, junge Frau. Was kann ich für Sie tun?«
Ein älterer Mann in Jeans, über der er eine fleckige graue Kittelschürze trug, arbeitete sich vom Hof her durch das Lager in den Ladenraum vor. Aus den Kitteltaschen lugten Putzlappen, die intensiv nach Politur rochen.
»Herr Piper? Guten Morgen, mein Name ist Maas, Kriminalpolizei. Meine Kollegin hat heute morgen mit Ihnen telefoniert. Wir sind auf der Suche nach einer antiken

Schneiderpuppe, die vor zwei Wochen im Grindelhof in einer Boutique angeboten wurde.«

»Ach ja, da hat heute morgen jemand angerufen. Tja, habe ich ja schon gesagt, ich habe sie nicht gekauft. Habe sie nicht einmal gesehen. Habe nur mit der Frau am Telefon gesprochen. Von dem Mord habe ich auch in der Zeitung gelesen, aber natürlich nicht geschaltet, daß das dieselbe Dame sein könnte, die mir die Puppe angeboten hat. So was, wenn man das geahnt hätte. Darf ich Ihnen Kaffee anbieten? Ich habe aber keine Milch da.«

»Nein, danke, ich habe gerade gefrühstückt. Herr Piper, können Sie sich erinnern, was Frau Rolf Ihnen am Telefon über die Puppe gesagt hat? Es ist sehr wichtig für unsere Ermittlungen, daß wir die Puppe finden. Eine alte Schneiderpuppe ist doch sicher ziemlich selten auf dem Markt, oder?«

»Kann schon sein. Aber ich habe mich auf Möbel konzentriert, ganz rigoros. Sonst verzettelt man sich nämlich. Hat plötzlich die ganze Bude voll Plunder, Bilder, Klaviere, Klamotten – das wird nichts. Dann kommt man zu gar nichts. Profil muß man haben, sage ich immer, Profil, darauf kommt es an. Das muß man von den großen Handelsketten lernen. Wer es allen recht machen will, der macht nichts richtig gut. Profil muß man haben, muß man sich erarbeiten. Sonst wird das nie was.«

»Da haben Sie ganz gewiß recht, Herr Piper. Aber wie ist es, erinnern Sie sich noch an irgendeine Einzelheit aus dem Telefonat mit Frau Rolf?«

Piper überlegte lange und gründlich. Er hatte ein Gesicht wie eine Hohensteiner Kasperlpuppe mit tief und gründlich ausgeschnitzten Zügen. Ein hervorragendes Profil.

»Sie wollte fünfhundert Mark dafür haben«, sagte er schließlich. »Und man sollte sie bei ihr abholen, weil sie kein Auto hätte. Und dann sagte sie noch, daß sie die Puppe mitgebracht hätte aus Finnland. Ist das richtig? Oder war es Holland? Sie hatte auch so einen kleinen Akzent in der Stimme, ganz niedlich. Die hörte sich insgesamt ganz niedlich an. Resolut, aber eben doch, na, Sie wissen schon. Stand ja auch alles in der Zeitung. Geschieden und so, und mit einem Ganoven angebandelt. Tja, das konnte man ja nicht ahnen, daß sie ein paar Tage später tot sein würde.«

»Wann haben Sie mit ihr telefoniert?«

»Letzte Woche? Nein, da war sie schon tot, oder? Keine Ahnung, ehrlich. Hier rufen jeden Tag irgendwelche Damen an und verkaufen ihre Erbschaft. Da kann ich mir einfach nicht jede Einzelheit merken.«

»Natürlich nicht. Ich danke Ihnen, Herr Piper. Haben Sie vielleicht eine Idee, wer sich in Hamburg oder Umgebung für eine alte Schneiderpuppe interessieren könnte?«

»Also, wenn Sie mich so fragen ...« Piper verfiel wieder in Nachdenken. »Ich würde vielleicht mal ins Branchenbuch sehen. Ins Telefonbuch.«

»Darauf sind wir auch schon gekommen«, sagte Marie Maas und ging zur Tür.

»Oder vielleicht das Puppenmuseum in Blankenese«, rief

Piper ihr nach. »Die kaufen ja alles, was antik ist. Nichts für ungut. Auf Wiedersehen, Kommissarin.«

Die Puppen in den Vitrinen hatten flache, flächige, blasse Gesichter. Etwas Dümmliches, Hilfloses sprach aus ihnen, eine ergebene Passivität, Geduld, grenzenloses Hinnehmen. In die Augenhöhlen waren gläserne schwarze Pupillen eingesetzt, umgeben von himmelblauer oder schokoladenbrauner Iris, echte – braune oder blonde – Haare waren zu drahtigen Zöpfen geflochten und legten sich eng um die Köpfe, die kungelrund und schwer zu sein schienen. Die Gesichter waren von feinen Rissen durchzogen wie altes, brüchiges Porzellan. Die Lippen standen ein bißchen offen, man sah weiße, runde Zähnchen und eine bewegliche Zunge. Die Puppen waren bis zu einem Meter groß und lagen in hölzernen Puppenwagen, saßen auf Rohrstühlchen oder standen auf Ständern. Sie trugen handgenähte Seidenkleidchen oder Rüschenhöschen über den geschlechtslosen, runden Kinderkörpern und an den Füßen Söckchen und Schuhe.
Außerdem gab es Puppenhäuser im Puppenmuseum, Miniaturschulzimmer und Kaufmannsläden, alles, aber keine Schneiderpuppen. Die würden auch nicht in ihr Programm passen, sagte die Frau am Empfang.
Marie Maas mußte an ihre Babypuppe denken, sie sah sie deutlich vor sich: ihren starren, kalten Blick, die drahtigen Plastiklocken, die man nicht kämmen konnte. Wie sehr hatte sie diese Puppe als Kind geliebt und sie so vorsichtig wie ein rohes Ei mit sich herumgetragen. Eine Puppe lebte wie ein richtiger Mensch in der Phantasie

desjenigen, der sie besaß. Sie konnte nicht fortgehen und nicht sterben. Sie konnte verlorengehen, versteckt werden, verschwinden, zerbrechen, aber in der Erinnerung ihrer ehemaligen Besitzer blieb sie lebendig, denn sie hatte sie niemals enttäuscht. Sie war nie unzuverlässig oder gemein gewesen, sie verriet niemanden, plauderte nichts aus, war nie verletzend. Sie gehörte, wem sie gehörte, ganz und gar. Sie hatte keinen eigenen Willen. Sie lag immer dort, wo man sie liegengelassen hatte. Sie ließ sich kleiden und füttern und schlafen legen, sie wurde nicht dick und nicht dünn, sie schrie nicht, sie weinte nicht, sie kannte keinen Neid. Sie war wie ein Spiegelbild, nur noch viel besser, denn man konnte sie anfassen, in die Arme nehmen, mit ins Bett nehmen, man konnte sich sogar an ihrer kleinen Schulter ausweinen. Eine Puppe war der allerbeste Freund für einsame, verlassene Kinderseelen.

»Schade, ich habe meine Puppen nicht mehr«, sagte Marie Maas und griff nach Tomkins Hand. »Ich weiß nicht einmal, wo ich sie gelassen habe. Bei irgendeinem Umzug sind sie wohl verlorengegangen.«

»Im ›Radio-Basar‹ wurde heute morgen auch eine Puppe gesucht.«

»Tatsächlich? Was denn für eine Puppe?«

»Eine Schildkrötenpuppe. Was es alles gibt.«

»Schildkröt ist eine Puppenmarke. Hat nichts mit Schildkröten zu tun. Meine Freundin hatte auch eine. Sie hatte himmelblaue Glasaugen und eine silberne Doris-Day-Frisur mit Außenrolle. Sie fühlte sich immer ganz glatt und sauber an und roch irgendwie nach Plastik. Einmal ist ihr Bruder ihr auf den Leib gesprungen, das war eine Tragödie. Sie mußte in die Puppenklinik und war erst zu Weihnachten wieder heil. Die Dinger waren damals ziemlich teuer.«

»Die Frau im Radio wollte zweihundertfünfzig Mark dafür bezahlen. Aber alt sollte sie sein. Vielleicht wußte sie nicht, daß es die Puppen auch neu zu kaufen gibt.«

»Was war das für eine Frau?«

»Keine Ahnung. Eine Frau eben. Sie hat sich ziemlich kurz gefaßt.«

»Hast du ihre Nummer aufgeschrieben?«

»Nein«, sagte Tomkin. »Nein, daran habe ich nicht gedacht. Das kommt von der Schildkrötenpuppe. Das hat mich abgelenkt.«

»Wenn nun Leila ihre Puppe auch über eine Anzeige im Radio oder in der Zeitung verkauft hat ...«

»Und dabei ihren Mörder ins Haus holte ...«

»Einen Perversen ...«

»Einen Puppenmörder. Das wäre doch was«, sagte Tomkin und strahlte. »Habt ihr euch eigentlich schon mal überlegt, daß Leila die Puppe auch an einen Schneider verkauft haben könnte?«

Sie verließen den modernen Bungalowkomplex mit dem Museum und genossen den weiten Blick vom Falkensteiner Ufer über die Elbe, über der die matte Scheibe der Wintersonne langsam versank. Es war drei Uhr vorbei, und der Tag neigte sich schon wieder seinem Ende zu. Es war der kürzeste Tag des Jahres, Winteranfang. Marie Maas hatte plötzlich die Vorstellung, daß der Tod wie eine Abmachung war für die Lebenden. Eine endgültige, definitive Vereinbarung, an der keiner vorbeikam. Wie der

Winter, der kam, jedes Jahr aufs neue. Um dann quälend lange zu dauern. Für Leila Rolf würde er ewig dauern.

»Ein perverser Puppenschneider«, murmelte sie leise. »Du hast manchmal echt entsetzliche Ideen, Tomkin.«

18

Die Nachricht von dem zweiten Mord erreichte Marie Maas am Sonntag nachmittag. Bereitschaft hatte wieder mal Karsten Scholz, und er war als erster informiert worden.

»Es ist gar nicht weit vom letzten Tatort«, sagte er, als er seine Chefin telefonisch informierte. »Schlüterstraße hunderteinundsechzig. Und es gibt noch mehr Hinweise auf einen Zusammenhang mit dem Mord an Leila Rolf.«

»Das hieße immerhin, daß Wilfried Tenzer aus der Haft entlassen werden kann.«

»Ist das jetzt so wichtig?«

»Ja«, sagte Marie Maas. »Weil er unschuldig ist. Wo bist du jetzt?«

»Vor Ort.«

»Gut, dann nehme ich den Bus. Bis gleich.«

Vor dem fünfstöckigen Mietshaus in der Schlüterstraße stand ein Polizeibeamter und kontrollierte alle, die das Haus verließen oder betreten wollten. Er notierte die Personalien und kündigte einen späteren Besuch der Kripobeamten an. Er ließ sich Marie Maas' Kripoausweis zeigen und öffnete ihr die schwere, mit Schmiedeeisen beschlagene Eingangstür. Ein altertümlicher Lift befand sich in der Mitte des Treppenschachtes, er war gerade unterwegs. Die Kommissarin stieg bedächtig die vier Stockwerke hoch und bewunderte die marmorverkleideten Wände, deren obere Hälfte mit handbemalten Kacheln verziert war.

Die Tote hieß Erika Sieg. Sie war zweiundsiebzig Jahre alt und wohnte seit dreiundzwanzig Jahren in dieser Wohnung im vierten Stock. Gefunden hatte sie ihr Nachbar, Theo Bringezu von Graf, der noch ein paar Jahre älter war als die Tote und seit fast vierzig Jahren im Hause wohnte. Er war pensionierter Studienrat.

Erika Sieg war erdrosselt worden. Sie war in ähnlicher Position wie Leila Rolf über die Lehne ihres Sofas gelegt worden, abgelegt wie ein leeres Kleidungsstück. Sie war genau wie Leila eine sehr zarte, fast magere Person und nur knapp einen Meter fünfzig groß.

Ihr ganzes Wohnzimmer war voller Puppen. Sie mußte Sammlerin sein, denn genau wie im Puppenmuseum ähnelten sich alle diese Puppen. Das war kein zufälliges Sammelsurium, sondern eine systematische, kenntnisreiche Sammlung.

»Fehlt irgendeine der Puppen?« fragte die Kommissarin Karsten Scholz als erstes.

»Habe ich auch schon gefragt. Aber Herr von Graf – oder Herr Bringezu von Graf – konnte das nicht beantworten. Er steht außerdem unter Schock.«

»Hat er einen Schlüssel für die Wohnung?«

»Nein. Er hat die Wohnung vom Hausmeister öffnen lassen.«

»Wann ist die Tat geschehen?«

»Gestern nachmittag, meint Dr. Salz. Er wird morgen

früh die Obduktion vornehmen, dann wissen wir Genaueres. Auf jeden Fall ist sie seit etwa vierundzwanzig Stunden tot.«

»Aber gefunden wurde sie erst heute morgen?«

Karsten Scholz schob die Kommissarin in die Küche, wo ein alter Herr am Tisch saß und seinen Unterarm dem Doktor entgegenhielt für eine Beruhigungsspritze.

Er trank einen Schluck Wasser und sagte: »Es geht gleich wieder. Es geht schon besser.«

Die Küche war schmal und hoch, halbhoch gekachelt und mit altmodischen Küchenmöbeln bestückt. Die riesigen Wandschränke und Hängeschränke standen vermutlich alle voll mit Geschirr und Gerätschaften. Die Spüle war neben dem alten Spülstein aufgestellt, der Boden steinaltes Terrazzo. Neben dem irdenen Spülbecken standen Wischeimer und Lappen, Schrubber und Besen. Obwohl die Küche ebenso wie die anderen Zimmer weder besonders sauber noch besonders aufgeräumt war.

»Meike hat das nie weggeräumt«, sagte Herr von Graf, der dem Blick der Kommissarin gefolgt war. »Das hat Frau Sieg immer sehr geärgert. Aber wenn man nicht mehr so kann, wie man will, was soll man machen? Man muß sich abfinden mit dem, was man bekommt.«

»Was heißt das, wenn man nicht mehr so kann, wie man will – war Frau Sieg krank?«

»Sie war sehr behindert, sie hatte kranke Knie und konnte kaum noch laufen. Sie hat das Haus seit Jahren nicht mehr verlassen. Das Amt hat ihr darum eine Haushaltshilfe bewilligt, das ist die Meike, sie hat eingekauft und saubergemacht und sich um Frau Sieg gekümmert. Wenn man das so nennen kann.«

»War sie auch am Wochenende hier?«

»Nein, sie kam nur während der Woche. Am Wochenende habe ich manchmal für Frau Sieg etwas mitgebracht. Ein paar frische Brötchen am Samstag und die Zeitung, sonst brauchte sie nie etwas. Ich bin vierundachtzig Jahre alt, das hätten Sie nicht gedacht, wie? Aber ich kann immer noch sehr gut laufen. Und hören.«

»Haben Sie gehört, was hier passiert ist? Oder warum haben Sie die Tür öffnen lassen?«

»Ich habe den Hausmeister geholt, als der Gottesdienst anfing. Das kam mir spanisch vor.«

»Das müssen Sie mir schon etwas näher erklären, Herr von Graf.«

»Meine Ohren sind, wie gesagt, immer noch einwandfrei, Frau Sieg dagegen war schon lange ziemlich schwerhörig. Nun war sie aber eine leidenschaftliche Radiohörerin. Den ganzen Tag über lief hier der Dudelkasten. Nicht einmal wenn sie telefonierte, stellte sie ihn leiser. Wahrscheinlich hat sie das gar nicht bemerkt. Dieses Haus sieht zwar recht solide aus, ist es aber nicht. Unsere Wohnungen gehörten früher einmal zusammen. Nach dem Krieg in der großen Wohnungsnot hat man sie geteilt, mit dem Ergebnis, daß manche Zwischenwände dünn wie Papier sind. Wenn ich auch nicht jedes Wort, das hier gesprochen wird, drüben mitkriege, so doch leider meistens das Radiogedudel. Jedenfalls von meiner Küche aus. Ich wußte immer genau, wann Frau Sieg ins Bett ging und wann sie aufstand, denn wenn sie schlafen ging, hat sie den Kasten ausgemacht. Und am Sonntagmorgen, wenn der Gottesdienst übertragen wird. Das wollte sie nicht hören. Nachdem nun die ganze letzte Nacht der Kasten gedudelt hat, war ich schon unruhig. Das war bisher noch nie vorgekommen. Und als heute morgen der Gottesdienst übertragen wurde und der Kasten immer noch nicht abgedreht wurde, da war mir klar, hier muß etwas passiert sein. Mein Gott – da war sie schon seit Stunden tot.«

Von Graf zog ein großes, nicht sehr sauberes Taschentuch aus der Hosentasche und putzte sich die Nase. Er hatte schlohweiße, volle Haare, die wie eine Windstoßfrisur um den Kopf standen. Er war drahtig und noch sehr kräftig, keineswegs blaß und zittrig. Nur seinen Augen sah man an, daß er schon sehr alt war. Sie waren trübe und glanzlos, und die hellblaue Iris setzte sich kaum noch ab von den grauen, in den Winkeln geröteten Augen. Die üppigen Augenbrauen verdeckten sie fast.

»Was für ein Verhältnis hatten Sie zu der Toten, Herr von Graf? War das reine Nachbarschaft, oder waren Sie enger befreundet miteinander?«

»Befreundet«, sagte von Graf und spuckte das Wort aus wie etwas Schmutziges. »Was man darunter heute alles versteht. Für Ihre Generation ist man immer gleich befreundet, wenn man morgens voreinander den Hut zieht. Nein, wir waren nicht befreundet. Wir lebten in guter Nachbarschaft miteinander, Frau Sieg und ich. Es war ein höflicher, freundlicher Umgang, wie man ihn heutzutage nur noch selten findet in einem Mietshaus. Man half sich gegenseitig aus, wenn nötig, deshalb mußte man trotzdem nicht gleich zusammen frühstücken, oder was die jungen Leute heute alles zusammen machen. Ich höre das immer von meinen Großneffen und -nichten. Die können überhaupt nicht mehr allein sein. Die brauchen für alles und jedes ihre Freunde. Fürchterlich. Als meine Frau starb, vor zwölf Jahren, da half Frau Sieg mir, die Beerdigung auszurichten. Und ich stand ihr zur Seite, als dieses furchtbare Unglück mit ihrer Tochter geschah.«

»Was für ein Unglück?«

»Sie hatte einen Autounfall. Sie starb noch auf dem Weg ins Krankenhaus. Seitdem hatte Frau Sieg diese Probleme mit den Knien. Seitdem ist sie nicht mehr aus dem Haus gegangen.«

»Sammelte sie schon immer Puppen?«

»Das weiß ich nicht. So lange ich sie kenne, jedenfalls schon. Sie kaufte ständig welche dazu oder tauschte sie. Das war ihr Hobby. Sonst hatte sie ja nichts. Nur das Radio und die Puppen.«

»Könnten Sie vielleicht feststellen, Herr von Graf, ob eine der Puppen fehlt? Es könnte uns auf die Spur des Täters führen.«

»Wenn ich es könnte, würde ich es tun, Kommissarin. Aber ich kann diese Dinger nicht auseinanderhalten. Vielleicht kann Meike Ihnen da weiterhelfen.«

»Eine letzte Frage, Herr von Graf. Wissen Sie zufällig, ob Frau Sieg am Samstag morgen den ›Radio-Basar‹ gehört hat?«

»Um Himmels willen, wenn ich mir das alles merken würde! Ich bin Philologe, ich kann mich doch nicht mit solchem Unsinn beschäftigen. Radio-Basar, sagen Sie?

Frau Sieg hörte meistens klassische Musik. Manchmal auch Wortsendungen, Hörspiele. Aber welche genau, das kann ich Ihnen nicht sagen.«

Als nächstes wurde Meike Rabe in die Küche gebracht. Sie war Studentin und erarbeitete sich ihren Lebensunterhalt durch stundenweise Tätigkeit bei einem ambulanten Pflegedienst. Sie war nicht viel größer und kräftiger als die Tote, aber durchaus lebendig und hellwach.
»Was studieren Sie, Frau Rabe?«
Meike Rabe ließ sich auf die Stuhlkante sinken, stützte sich jedoch sprungbereit an der Tischkante auf. Noch eine Parallele zum Fall Rolf. Auch Leila Rolf hatte eine Studentin beschäftigt. Ob das Zufall war oder einfach daraus resultierte, daß Studentinnen und Studenten heutzutage mit ihrem Bafög nicht mehr auskamen und für ihren Lebensunterhalt arbeiten mußten, wäre noch genauer zu untersuchen.
»Musiktheater-Regie«, antwortete Meike Rabe. »Brotlose Kunst. Hat sich aber ganz gut mit der Altenpflege ergänzt.«
»Warum?«
»Weil man auch als Regisseurin vor allem mit Menschen umgehen können muß. Mit nicht ganz einfachen Menschen, um es vorsichtig auszudrücken.« Meike Rabe hatte einen resignierten Zug in ihrem jungen Gesicht. »Frau Sieg war da wirklich ideal zum Üben.«
»War sie so schwierig?«
»Schwierig ist ein schmeichelhafter Ausdruck. Sie war verdammt eigensinnig. Und sie konnte sich durchsetzen.

Aber ich mochte sie. Sie war toll. Vor allem, wenn sie sich taub stellte.«

»Herr von Graf hat ausgesagt, daß Frau Sieg ziemlich schwerhörig war.«

»Unsinn. Sie hörte nur gern laute Musik. Herr von Graf ist nämlich ein echter Graf und ein Nervenbündel, was Lärm und Geräusche angeht. Er hat sich immer beschwert, wenn sie Radio hörte. Aber sie liebte nun mal laute Musik, Betrieb und Lärm um sich herum. Sie hat immer voll aufgedreht. Vielleicht ist sie ja deshalb umgebracht worden, weil sie mal wieder die ›Traviata‹ mitgesungen hat! Die konnte sie nämlich auswendig.«

»Wie war ihr Verhältnis zu Herrn von Graf und zu den anderen Nachbarn?«

»Wie eben alte Leute so miteinander umgehen. Wenn er weg war, meckerte sie über ihn und machte sich lustig darüber, daß er sich immer für etwas Besseres hielt als die anderen Hausbewohner. Und wenn er da war, war sie die Freundlichkeit selbst. Ich glaube, sie konnte ihn ganz gut leiden und hätte auch gern mehr mit ihm zu tun gehabt. Früher jedenfalls, bevor das mit ihrer Tochter geschah – wissen Sie das schon?«

»Daß ihre Tochter tot ist? Ja, das wissen wir.«

»Das muß schrecklich gewesen sein. Von da an hat sie sich geweigert, aus dem Haus zu gehen. Ich glaube, sie wollte auch sterben.«

»Ich denke, sie hatte etwas mit den Knien?«

»Glaube ich nicht. Sie lief eigentlich ganz normal. Sie wollte wohl einfach mit dem Leben nichts mehr zu tun haben. Herr von Graf hat dann dafür gesorgt, daß die

Sozialfürsorge sich um sie kümmert und daß sie eine Hilfe bekommt. Seitdem bin ich hier. Sie hat mir sofort imponiert. Sie hatte Charakter. Und sie hatte ihre Hobbys, mit denen sie glücklich war. Das Radio und ihre Puppen. Wir hatten gleich einen Draht miteinander.«
»Haben Sie ungefähr einen Überblick über die Puppen aus Frau Siegs Sammlung?«
»Ich fürchte nicht. Ich durfte sie ja nie anrühren. Auch so eine von ihren Geschichten. Zum Bodenwischen war sie zu schwach, aber wenn es darum ging, ihre Puppen abzustauben, umzusetzen und so weiter, dann durfte ich nicht mal daneben stehen. Sie hatte eben immer ihren eigenen Kopf. Haben Sie eigentlich schon einen Verdacht, wer sie umgebracht haben könnte? Vielleicht war es ein Einbrecher? Sie hatte doch sonst niemanden mehr, weder Freunde noch Feinde.«
»Wir wären Ihnen dankbar, wenn Sie feststellen könnten, ob etwas fehlt. Anschließend werden wir Ihnen ein paar Fotos zeigen. Bitte, sehen Sie sich doch mal um.«
Meike Rabe war kaum durch die Tür des Wohnzimmers getreten, in dem die Puppenlandschaft auf Polsterlehnen, Schränken, Tischen und in einer verglasten Vitrine zur Schau gestellt wurde, als sie beide Hände vor den Mund schlug und rief: »Die Schildkrötpuppe ist weg! Die Bärbel, die gehörte ihrer Tochter. Sie war eine Sonderanfertigung, über siebzig Zentimeter groß. Das war ihre liebste Puppe.«
»Sind Sie sich ganz sicher?«
»Aber natürlich. Freiwillig hätte sie sie niemals weggegeben.«

19

Als die schwere Eisentür der Untersuchungshaftanstalt am Holstenglacis sich hinter Wilfried Tenzer schloß, fiel sein Blick als erstes auf ein schwarzes Golf Cabriolet und einen blonden jungen Mann, der auf der Fahrerseite ausstieg und ihm entgegenging.

»Mensch, Matthias, das ist ja toll!« rief er und schüttelte heftig die ihm hingehaltene Hand. »Damit habe ich überhaupt nicht gerechnet. Ich dachte, du wärst mir böse.«

Matthias Laurenz Jessen nahm Tenzer die beiden Plastiktüten aus der Hand, in denen sich seine ganze Habe befand, öffnete den Kofferraum und verstaute die Sachen.

»Steig ein, Wilfried. Wohin fahren wir? Willst du erst mal etwas trinken? Du hast sicher Brand auf ein Bier, oder?«

»Kann man wohl sagen.«

»Ich hatte dich heute morgen besuchen wollen. Ich war bei deinem Haftrichter und habe eine Besuchserlaubnis beantragt. Die Sekretärin meinte, das würde mindestens zwei Wochen dauern. Ob ich ein Mitbeschuldigter wäre, mein Name wäre in deiner Akte erwähnt. Da kam plötzlich der Richter aus seinem Zimmer und sagte, daß du in einer halben Stunden entlassen werden würdest. Der Besuchsantrag wäre damit hinfällig geworden. Na, und da dachte ich, dann kann ich dich ja gleich in Empfang nehmen.«

»Ich habe es noch gar nicht ganz begriffen«, sagte Tenzer. »Ich kann es noch gar nicht richtig glauben.«

»Wollen wir ins ›Elysée‹? Nur so, zur Erinnerung. Ich muß bald ins Büro. Hast du denn schon Näheres gehört von dem Mord in der Schlüterstraße? Weißt du, wer es war?«

Tenzer sah Jessen erstaunt an.

»Noch ein Mord? Deshalb haben sie mich rausgelassen?«

»Du hast noch nichts davon gehört? Der Puppenmörder hat wieder zugeschlagen. Es ist derselbe, der auch Leila umgebracht hat. Er läßt jedesmal eine Puppe mitgehen.«

»Bist du deshalb gekommen? Weil du mir erst jetzt glaubst, daß ich es nicht war?«

»Nein«, sagte Jessen. »Ich habe es dir schon vorher geglaubt. Aber jetzt müssen die anderen es auch glauben. Und das ist viel wichtiger.«

»Nein. Das wichtigste ist, daß jetzt endlich Leilas Mörder gefunden werden wird. Weil ich ihn zur Strecke bringen werde.«

»Ich glaube, die Polizei hat jetzt auch eine Spur. Laß die das machen, Wilfried. Du bekommst sonst nur wieder Ärger.«

»Du hast doch selbst erlebt, was von den Spuren der Polizei zu halten ist. Große Scheiße ist das. Und in diesem Fall wird gar nichts passieren, darauf gebe ich dir Brief und Siegel.«

»Warum?«

»Weil ein Hund dem anderen nicht ans Bein pinkelt.«

»Wilfried, laß die Finger von der Sache, sonst bist du bald

wieder im Knast. Das nächste Mal lassen sie dich vielleicht nicht wieder raus. Leila ist tot, daran kannst du nichts ändern. Und mit Selbstjustiz hilfst du niemandem, am wenigsten dir selbst.«

»Wer redet denn von Selbstjustiz? Ich werde den Täter nur so weit in die Enge treiben, bis er nicht mehr weiterkann. Und dann hole ich die Bullen. Die Drecksarbeit können die machen.«

»Du bist verrückt. Das schaffst du nie.«

»Soll denn noch jemand umgebracht werden? Wie lange sollen wir denn noch warten? Ich habe den Bullen doch schon alles gesagt, was ich weiß. Sie tun trotzdem nichts. Sie machen nicht mal eine Hausdurchsuchung, dort, wo sie etwas finden können. Sie glauben, Leila hätte ihre Schneiderpuppe verkauft. Ich habe ihnen gleich gesagt, daß sie diese Puppe niemals verkauft hätte. Erst recht nicht, solange mein Geld drin war.«

»Leila hatte dein Geld darin versteckt?«

»Ganz sicher. Wo sollte es sonst sein? Ich kenne alle ihre Verstecke. Leila hat nie etwas vor mir geheimgehalten. Außerdem ist die Puppe weg.«

»Und wenn das Geld gar nicht mehr darin war? Wenn Leila es ausgegeben hat?«

»Unsinn. Das hätte sie nie getan. Du kanntest Leila nicht. Sie hat mir immer alles erzählt.«

»Vielleicht hatte sie es sich nur ausgeliehen und konnte es nicht mehr rechtzeitig zurücktun vor deiner Entlassung. Vielleicht hat sie die Puppe weggeschafft, um Zeit zu gewinnen.«

»Das ist Unsinn«, sagte Tenzer heftig.

»Du meinst also, daß die Puppe von ihrem Mörder gestohlen wurde?«
»Genau.«
»Und der Täter wußte, daß dein Geld darin war? Woher wußte er das?«
»Weil er die Puppe kannte und genau wie ich wußte, daß sich in ihrem Samtkörper eine Tasche befand. In jedem Fall kommt dafür nur ein einziger Mensch in Frage.«
»Du meinst Thomas Rolf?«
»Genau.«
»Er hat Leila wegen deines Geldes umgebracht?«
»Vielleicht.«
»Und warum hat er den zweiten Mord begangen?«
»Das weiß ich nicht. Aber ich werde es bald wissen.«
Sie standen an der roten Ampel Binderstraße/Ecke Rothenbaumchaussee. Links ging es zum »Elysée«-Hotel, rechts stadtauswärts Richtung Harvestehude.
»Bieg bitte rechts ab.«
Jessen setzte den rechten Blinker.
»Wohin willst du? Ich gehe auf jeden Fall nicht mit dir.«
»Wenn du einen Mörder sehen willst, dann komm mit. Fahr geradeaus weiter und an der übernächsten Kreuzung links.«
»Das ist die Oberstraße. Du willst zu Richter Rolf? Was willst du dort, Wilfried? Tu das nicht. Du ziehst dabei den kürzeren. Er ist Richter. So einen kriegt man nicht so leicht.«
Jessen mußte stoppen, um einen Wegen auf der Vorfahrtstraße passieren zu lassen, und Tenzer sprang aus dem

Auto. Mit langen Schritten ging er die Oberstraße entlang. Jessen fuhr im Schrittempo neben ihm her.

»Bleib hier, Wilfried. Komm mit ins Büro, mein Chef würde dich gern kennenlernen. Ich habe ihm von dir erzählt. Er ist interessiert, vielleicht kann er dir sogar einen Job verschaffen. Als Surveyor für den P & I-Club. Du kannst um die ganze Welt reisen. Du wirst Gutachter. So eine Chance kriegst du vielleicht nie wieder. Vergiß den Richter.«

»Vergiß du es«, parierte Tenzer und sprang vor Jessens Wagen über die Fahrbahn. Er beugte sich kurz herunter zum offenen Fenster an der Fahrerseite.

»Danke, Matthias. Du bist ein echter Kumpel. Ohne dich hätte ich es nie geschafft. Aber das hier, das muß ich zu Ende bringen. Vorher kann ich nichts Neues anfangen. Danke trotzdem für alles, was du für mich getan hast.«

Er sprang die Stufen von Nummer 111 hinauf und zog eine hauchdünne Plastikkarte aus dem Mantelrevers. Er schob sie am Schnappschloß der Haustür entlang, und die Tür sprang auf. Im Treppenhaus lag ein zarter Parfümduft. Er stieg die Treppen hoch in den ersten Stock. Den Schlüssel für Richter Rolfs Wohnung hatte ihm Leila vor seiner Verhaftung einmal gegeben. Er trug ihn immer am Schlüsselbund, zusammen mit dem Schlüssel für ihre Wohnung in der Rutschbahn. Er paßte, als wäre er erst gestern zum letzten Mal benutzt worden.

An der Tür kam ihm Max entgegen, der Rauhhaardackelrüde. Er kläffte einmal heiser, beschnüffelte Tenzers Hosenbeine und verzog sich wieder in sein Körbchen in der Küche.

In der Wohnung war es still und angenehm warm. Durch die Fenster zum Park schien die Wintersonne und legte spitze Keile auf die hellen Perserteppiche. Eine Wanduhr tickte im Wohnzimmer. Alles war aufgeräumt und peinlich ordentlich. Kein Stäubchen lag auf der Anrichte oder auf den Bücherregalen, vor denen ein tiefer Ledersessel stand, ein idealer Leseplatz.

Tenzer sah vom Fenster aus Jessens schwarzes Autodach. Er hielt direkt vor dem Haus und wartete auf ihn.

Durch eine offenstehende Flügeltür gelangte Tenzer ins Arbeitszimmer des Richters. Es wurde dominiert von einem monströsen Schreibtisch aus Mahagoni, bestückt mit schweren Messingbeschlägen. Eine Ledermappe lag auf der rechten Hälfte der Arbeitsplatte, ein Stapel grüner Akten auf der linken. Ordentlich wie bei einer Militärparade hatte der Richter seine Stifte und Schreibutensilien vor sich aufgereiht. Schräg zur Arbeitsplatte stand ein zierlicher silberner Bilderrahmen. Er war leer.

Über den Flur gelangte Tenzer in die übrigen Räume der Wohnung. Küche, Bad, Schlafzimmer, Gästezimmer. Das war früher Leilas Zimmer gewesen. Ihr Schlafzimmer. Ihr Rückzug in dieser Ehe, die nie vollzogen worden war.

Tenzer öffnete vorsichtig die Tür. Er hatte Angst, Dinge von Leila zu finden, die ihm weh tun könnten. Aber der Raum war leer. Vollständig leer geräumt. Nur auf der Fensterbank lag eine Postkarte mit der Schrift nach oben. Schon von weitem erkannte Tenzer Leilas Handschrift. Der Anblick der vertrauten Schriftzüge schmerzte ihn wie ein Hieb. Er las: *Hallo, Thomas. Ich bin in Albufeira in*

Portugal. Sende doch bitte die nächste Anweisung postlagernd Albufeira. Grüße, L.

Tenzer schloß einen Augenblick lang die Augen. Wie in einem Kino sah er die Bilder laufen. Leila auf der Mole in Faro, Leila mit Sonnenhut und Brille, wie sie Garnelen auspulte, eine große Karaffe Vhino verde auf dem Tisch vor ihr. Das Hotelzimmer in Albufeira, erste Luxusklasse, morgens ließen sie sich das Frühstück aufs Zimmer bringen, und Leila kicherte, wenn er aufstehen mußte, nackt, weil der Roomservice klopfte, und das Handtuch zu kurz war, als daß er es sich um die Hüften binden konnte. Schließlich hatte er es sich mit beiden Händen vorgehalten und keine Hand frei gehabt für das Frühstückstablett. Albufeira, das war ihre allerschönste Zeit gewesen. Warum hatte Rolf ausgerechnet diese Karte aufgehoben? Und alles andere von Leila fortgeschafft? Tenzer drehte die Karte herum. Auf der Rückseite war der nackte Jüngling von Ingres abgebildet. Tenzer grinste.

Jessen stand noch immer vor dem Haus. Er stieg jetzt aus und sah besorgt an dem Haus hoch. Im selben Augenblick hörte Tenzer, wie jemand die Wohnungstür aufschloß. Richter Rolf konnte es nicht sein, er mußte im Gericht sein. Oder hatte er Urlaub genommen? Es war der 23. Dezember, viele nahmen in der Weihnachtswoche Urlaub. Vielleicht war es seine Schwester.

Tenzer hörte Schritte, die den Flur entlanggingen und in die Küche abbogen. Die Kühlschranktür wurde geöffnet. Jemand räumte Sachen in den Kühlschrank. Er ließ sich Zeit dabei. Jetzt lief der Wasserhahn, etwas wurde fortgeworfen.

Tenzer legte die Karte wieder auf das Fensterbrett. Er hatte schweißnasse Hände, und die Oberfläche der Postkarte klebte an seinen Fingern. Es war höchst unwahrscheinlich, daß jemand dieses leerstehende, verwaiste Zimmer betreten würde, aber es war kein besonders angenehmes Gefühl, hier eingesperrt zu sein. Er ging zur Tür. In der Küche lief jetzt Wasser in einen Eimer. Tenzer huschte über den Flur durch die angelehnte Schlafzimmertür. Hier standen ein breites Bett, eine weiße Schrankwand, eine Wäschetruhe. Das Fenster war gekippt, und es war kühl wie in einer Gruft. Tenzer trat wieder auf den Flur und klappte laut mit der Schlafzimmertür.

»Guten Morgen«, rief er Richtung Küche.

Ein jungen Mann mit aufgekrempelten Ärmeln erschien in der Tür. Er sah erschrocken aus.

»Wußte gar nicht, daß Sie heute morgen kommen«, sagte Tenzer. »Thomas hat mir nichts davon erzählt.«

»Sorry«, sagte der Mann. Er war ziemlich mager und hatte eine lebhafte Mimik. »Ich wußte nicht, daß ich klingeln sollte. Ich habe nur ein bißchen eingekauft und mache jetzt das Bad. Dann verschwinde ich wieder. Nach Weihnachten komme ich wieder wie immer freitags.«

»Ist schon okay«, sagte Tenzer. Er holte seinen Wohnungsschlüssel aus der Tasche und klimmperte vor den Augen des Putzmannes damit herum. »Übrigens, ich habe bei Thomas mal eine Schaufensterpuppe untergestellt. Haben Sie die vielleicht gesehen? Ich brauche sie jetzt dringend zurück. Keine Ahnung, wo der Bursche sie versteckt hat. Sie ist mit schwarzem Stoff bespannt.«

Der Putzmann zog die Achseln hoch. Sein heißes Wasser lief über den Eimer und planschte ins Küchenbecken.

»Keine Ahnung. So etwas habe ich hier nie gesehen. Tut mir ehrlich leid.«

»Nichts für ungut. Ist auch nur ein Mädchen, die Puppe, meine ich. Ich lasse die Tür auf, schließen Sie bitte sorgfältig hinter sich ab.«

»Klar. Schönen Tag noch.«

20

Die Wohnung in der Bartelsstraße im Schanzenviertel war schon in den siebziger und achtziger Jahren Stützpunkt der Polizei gewesen. Damals hatte man von hier aus einen Unterschlupf von vermeintlichen RAF-Mitgliedern observiert, bis diese Tatsache so stadtbekannt war, daß die Fahndungsbeamten ihrerseits von einigen Stadtguerilleros observiert und schließlich in einer Flugschrift mit Porträts und Bekanntgabe ihrer Tarnnamen, Autokennzeichen, Funkcodes und so weiter enttarnt worden waren. Seit dem Niedergang der militanten linken Szene diente die Wohnung zeitweise als Materiallager, zeitweise als Stützpunkt für LKA und BKA, wenn in der türkischen und kurdischen Szene Ermittlungen angestellt wurden.

Marie Maas hatte die Nutzung der Wohnung für zwei Wochen beantragt und einen Telefonanschluß installieren lassen. Im Grindel gab es keine Polizeiwohnung, dies war die nächste Möglichkeit, für den Fall, daß der Täter regional gebunden war. Mit ihren großen Fenstern zur Kreuzung Susannenstraße und Bartelsstraße war sie gut für ihre Zwecke geeignet.

Am Samstag nach Weihnachten startete Birgit Meier-Lehnhoff den nächsten »Radio-Basar«, und kurz vor halb elf Uhr war Susanne Bollmann mit ihrem Lockruf dran.

»Ich sammle Babypuppen«, begann Susanne. »Möglichst

große. Mir fehlt noch die Schildkröt-Babypuppe. Vielleicht kann sie mir jemand verkaufen oder gegen eine andere Puppe eintauschen.« Susanne Bollmanns Aufregung war echt und hörte sich auch echt an. Marie Maas, Karsten Scholz und ein technisch begabter Wachtmeister von der Schutzpolizei saßen neben ihr und nickten ihr aufmunternd zu. Als die Kommissarin merkte, daß das Susannes Aufregung nur noch steigerte, stand sie auf und trat ans Fenster.

Auf der verkehrsberuhigten Straßenkreuzung herrschte reges Treiben. Ein türkischer Fischhändler verkaufte vom Lieferwagen aus und warf dicke Makrelen mit Schwung auf die Waage. Gegenüber vor dem Gemüseladen stand die Schlange bis auf die Straße. Noch waren vor allem türkische Kunden unterwegs; die deutschen Langschläfer würden erst gegen Mittag die Läden bevölkern. Sie hockten noch in den Cafés, »Unter den Linden«, bei »Maria« am Schulterblatt, beim »Schanzenbäcker« oder bei »Café Stenzel«.

»Ich habe dreiundzwanzig Babypuppen, auch aus Porzellan und mit Echthaar. Außerdem habe ich eine Käthe-Kruse-Puppe, siebzig Zentimeter groß«, erzählte Susanne Frau Meier-Lehnhoff, die ihr offenbar die pathologische Puppensammlerin abkaufte.

»Meine Telefonnummer ist ...« Es folgte die Rufnummer in der Bartelsstraße.

Birgit Meier-Lehnhoff wechselte noch ein paar muntere Worte mit Susanne und warf sie dann in der gewohnt eleganten Art aus der Leitung.

»Gut gemacht, Susanne«, sagte Marie Maas. »Absolut

überzeugend. Nun können wir nur noch hoffen, daß er zugehört hat.«

»Und Interesse hat«, sagte Karsten Scholz.

»Und schon wieder Interesse hat«, berichtigte Susanne.

Aber das Telefon blieb stumm.

Als der Unbekannte sich am Sonntag abend noch immer nicht gemeldet hatte, brachen die Beamten resigniert und genervt von dem anstrengenden Wochenende ihr Quartier ab. Sie installierten einen Anrufbeantworter, den Susanne mit einer Nachricht besprach und täglich abhören würde.

»Vielleicht haben wir nächste Woche mehr Glück«, sagte Marie Maas.

»Und wenn nicht?« fragte Karsten Scholz. »Sollten wir nicht besser den Tenzer im Auge behalten?«

»Ja, und Thomas Rolf«, sagte die Kommissarin. »Ich würde auch gern noch einmal dem Meyerdirks auf den Zahn fühlen.«

»Hausdurchsuchung?«

»Aussichtslos. Kriegen wir nie.«

»Scheiß-Juristenpack.«

»Abwarten. Irgendwann macht jemand einen Fehler. Und wir haben einen Vorteil: Wir haben Zeit.«

21

Der Pförtner an der Rothenbaumchaussee kam extra aus seinem Pförtnerhäuschen heraus, um zu begutachten, wer da Eintritt in das Sendehaus des Norddeutschen Rundfunks begehrte und weshalb.

»Zu wem wollen Sie?«

»Frau Meier-Lehnhoff, ›Radio-Basar‹. Sie erwartet uns.«

»Dann bitte Ihre Personalien.«

Marie Maas gab ihren Namen und Dienstrang an, dann den von Karsten Scholz und von Tomkin, der unbedingt dabeisein wollte. Schließlich war es seine Idee gewesen, überhaupt hierherzukommen.

»Sie sind von der Kripo? Einen schönen Dienst noch, die Herrschaften.«

Seine Hand zuckte an die Mütze. Wahrscheinlich war er früher Streifenpolizist gewesen. Die gingen oft in den Wachdienst nach ihrer Pensionierung.

»Schönen Dienst noch«, wiederholte Tomkin und kicherte wie ein Primaner. »Schönen Dienst noch, Marie!«

»Ich glaube, wir sollen hier unten warten«, sagte Karsten Scholz.

Sie standen in der Eingangshalle des Sendehauses am Rothenbaum und setzten sich auf die Lederbänke zwischen die Schauständer mit Prospekten und Programmen des NDR.

»Wenn du erst mal hierherkommst, um mit der Dramaturgin dein Hörspiel durchzusprechen, was, Schatz?« sagte die Kommissarin, um sich zu revanchieren. Tomkin zuckte zusammen.

»Sei still. Wenn dich jemand hört! Hier wird sicher alles abgehört.«

»Und gleichzeitig gesendet«, meinte Karsten Scholz und inspizierte die Dämmplatten an den Wänden und an der Decke. Das Dekor stammte aus den fünfziger und sechziger Jahren. Die Holzvertäfelungen, die häßlichen Bodenfliesen, die schmiedeeisernen Treppengeländer.

»Mich erinnert das an nichts«, sagte Tomkin.

»Eben«, meinte die Kommissarin. »In England war das nicht so schlimm. Aber hier: die Geburtsstunde der Republik.«

Schließlich spuckte der Fahrstuhl ihnen gegenüber eine mittelalte, ganz normal aussehende Frau aus, die lächelnd auf Marie Maas zukam und ihr die Hand hinstreckte.

»Meier-Lehnhoff. Guten Morgen, Frau Maas. Und das sind die Herren Scholz und Twint? Wie halten Sie die auseinander?«

»Mit Herrn Twint bin ich liiert, mit Herrn Scholz arbeite ich zusammen. Da findet man die Unterschiede ziemlich schnell heraus«, sagte Marie Maas.

Frau Meier-Lehnhoff zeigte ihnen ihr Studio, einen erstaunlich kleinen Raum mit einem runden Tisch, über dem in der Mitte ein Mikrofon hing. Hinter einer Glaswand befand sich die Technik.

»Der runde Tisch ist für Gesprächspartner und Gäste im Studio. Für den ›Radio-Basar‹ brauche ich ihn natürlich nicht. Aber ich mache ja auch noch andere Sendungen. Satire«, fügte sie hinzu.
»Ich finde, es gibt nichts Lustigeres als den ›Radio-Basar‹«, sagte Tomkin.
»Ja, das sagen viele. Sie meinen, das stellt alle professionelle Satire in den Schatten.«
»Sag ich doch«, meinte Tomkin.
»Tomkin ist ein Fan von Ihnen«, sagte Marie Maas. »Er kommt extra aus London, um den ›Radio-Basar‹ zu hören.«
Birgit Meier-Lehnhoff führte ihre Gäste in einen Büroraum und sorgte für Kaffee.
»Also, womit kann ich dienen? Ich habe natürlich die Zeitungen gelesen und weiß von den beiden Mordfällen. Ich habe auch schon die Bänder von den letzten Sendungen besorgt. Liegt alles hier.«
Sie zeigte auf einen Stapel ungewöhnlich großer Tonbänder und schenkte Kaffee ein.
»Heißt das, daß die Sendungen mitgeschnitten werden?« fragte Marie Maas.
»Eigentlich nicht. Sie werden natürlich nicht archiviert. Ich lasse sie nur zu meiner eigenen Kontrolle mitschneiden. Ich hebe sie ein paar Wochen auf, dann werden die Bänder wieder überspielt. Manchmal höre ich sie mir hinterher gar nicht an. Manchmal doch. Man lernt am besten aus seinen eigenen Fehlern. Daß sie einmal dazu dienen könnten, vielleicht einen Mord aufzuklären, habe ich natürlich nicht geahnt.«

»Es geht um folgendes«, begann Marie Maas. »Wie Sie aus der Presse wissen, wurden innerhalb der letzten drei Wochen im Grindelviertel in Hamburg zwei Frauen erwürgt. Es gibt einige Parallelen zwischen den beiden Fällen. Der Täter oder die Täterin verschaffte sich ohne Gewalt Zugang zu der Wohnung beziehungsweise zu dem Ladenraum, vermutlich ließen die Opfer ihn oder sie hinein. Es wurde in beiden Fällen nichts gestohlen, die Wohnung beziehungsweise das Ladengeschäft nicht durchsucht oder durchwühlt. In beiden Fällen fehlte jedoch anschließend eine Puppe. Im Falle Leila Rolf eine antike Schneiderpuppe, die Frau Rolf seit längerem verkaufen wollte. Im zweiten Fall wurde eine Schildkrötpuppe, eine Sonderanfertigung etwa aus dem Jahre neunzehnhundertsechsundfünfzig, gestohlen. Die alte Dame, der die Puppe gehörte, hörte regelmäßig Radio, vermutlich auch den ›Radio-Basar‹.«

»Wir schrecklich«, sagte Frau Meier-Lehnhoff. »Wir hatten vorletzte Woche jemanden, der eine solche Puppe suchte. Ich erinnere mich an den Anruf.«

»Einen Anrufer? War es ein Mann? Tomkin ist der Meinung, es war eine Frau.«

Frau Meier-Lehnhoff stand auf.

»Wir können es uns anhören. Wollen Sie mitkommen ins Studio? Ich werde versuchen, die Stelle zu finden.«

Auf dem Flur wurde leise NDR 2 übertragen. Popmusik, Nachrichten, anschließend der Wetterbericht. Die Alster war inzwischen zugefroren, aber vor dem Betreten des Eises wurde gewarnt. Marie Maas dachte daran, daß sie vielleicht Silvester mit Tomkin das Feuerwerk der Stadt von der Mitte der Alster aus betrachten konnte, das mußte ein phantastisches Spektakel sein. Fast so gut wie früher, als sie auf dem Dachboden ihrer Wohngemeinschaft in den engen Dachluken gehangen hatten, bis der Sekt ihnen in den Gläsern gefror. Das waren noch Zeiten gewesen. Im letzten Jahr hatte sie den Jahreswechsel total erschöpft im Bett verschlafen, während Tomkin neben ihr gesessen und seinen zweiten Roman Korrektur gelesen hatte.

Frau Meier-Lehnhoff legte das erste Tonband auf die Maschine und setzte sich Kopfhörer auf. Sie fing an zu spulen.

»Vielleicht hat Frau Sieg ja auch hier angerufen und ihre Puppe zum Verkauf oder zum Tausch angeboten«, sagte Karsten Scholz. »Dann würde uns das Tonband jetzt nicht wesentlich weiterhelfen.«

»Das glaube ich nicht«, sagte Marie Maas leise, um Frau Meier-Lehnhoff nicht zu stören. »Ich glaube, der Täter selbst gibt seine Anzeigen auf und wartet ab, wer sich bei ihm meldet. Das würde auch erklären, warum sich auf Susannes Lockanruf hin niemand gemeldet hat. Auf diese Weise kann auch Leila an die Adresse ihres Mörders gekommen sein.«

»Ich habe sie«, sagte Birgit Meier-Lehnhoff und nahm die Kopfhörer ab. »Aber es ist Frau Sieg selbst. Sie sucht eine Schildkrötpuppe zum Ankauf für bis zu zweihundertfünfzig Mark.«

»Das ist die Anzeige, die ich gehört habe«, rief Tomkin. »Genau so.«

»Können wir bitte mal hören?« sagte Marie Maas.

Das Band fing an mit Gelächter, dann eine Stimme aus der Technik: »Achtung, auf Sendung.« »Fertig«, sagte Birgit Meier-Lehnhoff, und dann wurde die Telefonstimme eingeblendet.

»Guten Morgen, Frau Meier-Lehnhoff, mein Name ist Sieg. Ich suche eine Puppe, eine Schildkrötpuppe für meine Kollektion ...«

»Stop«, sagte die Kommissarin.

»Ich habe es ja befürchtet«, sagte Karsten Scholz. »Sie selbst hat die Suchmeldung lanciert.«

»Nein«, sagte Marie Maas. »Frau Sieg war das nicht selbst. Denn das hier ist die Stimme von Katja Rolf.«

22

Katja Rolf öffnete die Tür, noch ehe die Kommissarin den Finger vom Klingelknopf genommen hatte. Sie erwartete die Beamten oben auf dem Treppenabsatz und begrüßte sie überraschend freundlich.

»Kommen Sie herein, darf ich Ihnen etwas anbieten?«

Im Flur standen Koffer, abreisebereit.

»Wollen Sie verreisen?«

»Nur für ein paar Tage. Mit meinem Bruder.«

Marie Maas ging an der hochgewachsenen, kräftigen Frau vorbei und steuerte auf das gelbbezogene Sofa zu. Es hatte ihr damals so gut gefallen. Es gefiel ihr noch immer.

»Frau Rolf, wir kommen wegen des Mordes an Frau Sieg in der Schlüterstraße. Sie haben sicher davon gehört.«

»Ja, natürlich. Ich habe es in der Zeitung gelesen. Die arme alte Dame. Ich kannte sie ein wenig.«

»Woher?«

Katja Rolf ließ Karsten Scholz auf einem Sessel Platz nehmen und blieb neben dem Tisch stehen.

»Von unserem Einzelhändler. Weiter oben am Grindelhof, fast an der Ecke zur Rutschbahn, ist ein Lebensmittelgeschäft. Meyer heißt der Besitzer. Er führt seinen Laden wie in alten Zeiten. Er sitzt noch selbst an der Kasse und liefert Lebensmittel ins Haus auf Bestellung. Außerdem hat er nur ausgesucht gute Waren, Delikatessen, Wein, frisches Brot, kurz, einen Service wie in alten Zeiten. Ich kaufe dort seit Jahren. Früher, als Frau Sieg noch selbst einkaufen ging, traf ich sie oft, und wir grüßten uns, wechselten ein paar Worte. Dann starb ihre Tochter, das muß ein furchtbarer Schock gewesen sein. Seitdem verließ sie ihre Wohnung nicht mehr. Das war natürlich ein Gesprächthema bei ›Meyer‹. Man erkundigte sich bei dem Kaufmann nach ihr, man bestellte ihr Grüße, eine Zeitlang war Kaufmann Meyer ihre einzige Verbindung zum Leben außerhalb ihrer Wohnung. Außer ihrem schrulligen Nachbarn, dem Herrn von Graf. Der überwarf sich jedoch eines Tages mit Meyer und kauft seitdem nicht mehr dort ein. Sie hatte zum Schluß eine Studentin, die alle Einkäufe für sie erledigte. Ich glaube, sie heißt Meike.«

»Wir haben mit ihr gesprochen.«

»Ja, natürlich. Wenn Frau Sieg darüber hinaus Wünsche hatte, rief sie bei Meyer an und bekam in Stundenfrist die gewünschten Sachen geliefert. Sie wohnte ja nur um die Ecke.«

»Frau Sieg wurde erdrosselt, wie Ihre Schwägerin. Und auch bei ihr fehlte eine Puppe. Frau Sieg sammelte Puppen, wußten Sie das?«

»Ja. Ich war einmal bei ihr in der Wohnung. Nur ganz kurz. Sie bot mir nicht einmal einen Stuhl an. Das war kurz nach dem Tod ihrer Tochter, und wir alle machten uns Sorgen um die alte Dame, die immer so freundlich und nett gewesen war. Ich dachte, ich gehe mal bei ihr vorbei und biete meine Hilfe an. Aber sie war überhaupt nicht ansprechbar. Sie war echt verrückt geworden. Sie sprach nur noch mit ihren Puppen, stellte sie mir alle namentlich vor – vielmehr, sie stellte mich ihren Puppen vor, und dann bat sie mich unumwunden, wieder zu gehen. Ich bin danach nie mehr bei ihr gewesen. Erstaunlich, daß sie noch so lange gelebt hat.«

»Wußten Sie auch, daß sie ständig neue Puppen kaufte oder eintauschte oder ihre verkaufte? Haben Sie ihr einmal dabei geholfen?«

Katja Rolf zögerte und sagte dann:

»Was meinen Sie damit? Ich sagte doch, ich habe sie später nie wieder besucht.«

»Aber mit ihr telefoniert?«

»Ein-, zweimal vielleicht. Sie rief mich manchmal an.«

»Was wollte sie von Ihnen?«

»Das kann ich nun wirklich nicht mehr sagen. Es ist zu lange her.«

»Wir haben den Eindruck, daß Sie erst ziemlich kurzfristig Kontakt mit Frau Sieg gehabt haben müssen.«

»Ach ja? Weshalb denn?«

Die Kommissarin holte eine Kassette aus ihrer Handtasche und sah sich im Raum um.

»Haben Sie hier zufällig einen Kassettenrecorder?«

»Hier nicht, aber in der Küche.«

»Könnten Sie ihn wohl holen?«

»Am einfachsten ist es, wenn Sie mitkommen«, sagte Frau Rolf und ging voraus.

Die Küche war ganz in Gelb und Grau gehalten, sehr modern, sehr sauber geputzt. Auf der Fensterbank neben der Spüle stand ein Kofferradio mit Kassettenrecorder.

Katja Rolf stellte den Apparat auf den Küchentisch und sah mißtrauisch auf die Musikkassette in Marie Maas' Hand.
»Darf ich?«
Marie Maas legte die Kassette ein und drückte die Starttaste. Die Stimmen aus der Technik des NDR-Studios ertönten, dann die Stimme von Birgit Meier-Lehnhoff und schließlich die von Katja Rolf selbst.
Nachdem sie den ganzen Mitschnitt aus dem »Radio-Basar« abgespielt hatte, stoppte Marie Maas die Aufnahme und sah Katja Rolf erwartungsvoll an.
»Warum haben Sie das getan?« fragte sie nach einer Weile.
Katja Rolf antwortete nicht gleich. Sie hatte ihr Gesicht mit den Händen bedeckt und die Schultern krampfhaft hochgezogen. Schließlich ließ sie die Hände sinken. Sie sah plötzlich sehr abgespannt und alt aus.
»Ich hätte es mir denken können. Die Sendungen werden mitgeschnitten.«
»Ja.«
»Zu dumm. Daran habe ich nicht gedacht.«
»Warum haben Sie das getan?«
»Um meinen Bruder zu schützen.«
»Könnten Sie bitte etwas deutlicher werden?«
»Sie begannen, ihn zu verdächtigen. Über kurz oder lang hätten Sie ihn verhaftet. Ich glaube nicht an Justizirrtümer. Tenzer war unschuldig, das mußte sich herausstellen. Wundert mich nur, daß er überhaupt verhaftet wurde. Ich habe Sie anders eingeschätzt, Frau Maas.«
»Ich bin nicht diejenige, die die Haftbefehle ausstellt.«

»Aber Sie beantragen sie. Heutzutage wird jemand, der vorbestraft ist, doch mit Samthandschuhen angefaßt.«

»Es spricht für Sie, daß Sie sich so um Herrn Tenzer gesorgt haben, Frau Rolf. Aber woher wußten Sie, daß wir Ihren Bruder verdächtigten?«

»Er hatte kein Alibi. Als Ihre Mitarbeiterin bei mir war, um ein Foto von ihm zu holen, wußte ich, daß er in Gefahr war. Ich weiß, ich habe durch diese Anzeige im ›Radio-Basar‹ der alten Dame den Mörder ins Haus gehetzt. Ich bin mitschuldig an ihrem Tod. Aber ich wußte mir sonst keinen Rat.«

»Warum waren Sie sich so sicher, daß Tenzer unschuldig war?«

»Er hätte Leilas Puppe nicht mitgenommen.«

»Warum nicht?«

»Weil das Geld nicht mehr darin war.«

»Das müssen Sie uns schon näher erklären.«

»Sie wissen ja bereits, daß mein Verhältnis zu Leila nicht das beste war. Wir hatten quasi keinen Kontakt mehr, seitdem ich herausgefunden hatte, daß sie Tenzer in der Haftanstalt besuchte. Etwa zwei Wochen vor ihrem Tod rief Leila mich an. Sie bat mich um Geld, was sonst. Sie sagte, es ginge nicht um sie. Es ginge um jemand anderen, dem sie das Geld dringend zurückzahlen müsse, sonst würde ein Unglück geschehen. Ob ich es ihr ausnahmsweise leihen könnte. Sie würde es zurückzahlen, sie würde mit ihrem Geschäft dafür bürgen. Nun wußte ich ja sehr genau, wie es um Leilas Geschäft stand. Von Zurückzahlen konnte also gar keine Rede sein.«

»Wieviel Geld wollte Leila von Ihnen haben?«

»Zwanzigtausend Mark.«

»Das Geld gehörte Tenzer.«

»Ich weiß. Sie hatte es nach seiner Verhaftung in ihrer Schneiderpuppe versteckt. Ich selbst habe es gefunden, als ich einmal versuchte, die Puppe sauberzumachen. Das war zu der Zeit, als ich Leila im Laden half. Sie behauptete damals steif und fest, es wäre ihre eiserne Reserve. Das war natürlich gelogen. Inzwischen hatte sie das Geld wohl ausgegeben und bekam es jetzt, da Tenzers Entlassung bevorstand, mit der Angst.«

»Sie haben ihr das Geld nicht geliehen, nehme ich an.«

»Natürlich nicht. Ich dachte gar nicht daran, die Liederlichkeit dieser Frau zu unterstützen. Ich empfahl ihr, die Puppe in den Müll zu werfen. Sie hätte Tenzer sagen können, in ihrem Laden wäre eingebrochen und die Puppe mit seinem Geld gestohlen worden. Sie war ja antik, manche Einbrecher sind auf Antiquitäten spezialisiert.«

»Aber das brachte sie nicht übers Herz.«

»Nein. Das alte Ding war ja ein Erbstück. Die Motten waren drin, so alt und marode war sie.«

»Sie kam dann auf den Gedanken, die Puppe zu verkaufen. Zuerst versuchte sie es bei einer Nachbarin ...«

»Der Bäckersfrau«, warf Karsten Scholz ein.

»Richtig. Dann bei einem Antiquitätenhändler. Aber das alte Ding wollte natürlich niemand haben.«

»So war es«, sagte Katja Rolf. »Nun bin ich eine passionierte Radiohörerin. Am Samstagmorgen höre ich immer den ›Radio-Basar‹. Darum gab ich Leila schließlich die Telefonnummer des ›Radio-Basars‹ und empfahl ihr, die Schneiderpuppe dort anzubieten. Ich konnte doch nicht ahnen, daß sie auf diese Art ihrem Mörder in die Arme laufen würde.«

»So könnte es gewesen sein«, sagte Marie Maas, nachdem sie eine Weile schweigend in der Küche gestanden hatten. »Aber Leila Rolf hat nie beim ›Radio-Basar‹ angerufen. Wo ist also die Schneiderpuppe, Frau Rolf? Ich würde mich gern einmal in Ihrem Keller umsehen. Oder auf dem Boden.«

»Bitte sehr, ich stehe Ihnen voll zur Verfügung.«

Weder im Keller noch auf dem Boden tauchte die schwarze Puppe auf. Marie Maas verließ das Haus in der Oberstraße wie eine geschlagene Kriegerin.

»Und ich glaube trotzdem nicht an den großen Unbekannten«, sagte sie kurz vor Mitternacht zu Tomkin. »Ich bin fest davon überzeugt, daß Katja Rolf die beiden Frauen erdrosselt hat. Leila hat ihren Bruder erpreßt. Sie wollte dem ein Ende setzen. Als ihr Bruder in Verdacht geriet, nachdem er das Alibi, das sie so kunstvoll für ihn gestrickt hatte, vermasselte und behauptete, daß er eine spätere Zugverbindung nach Frankfurt genommen hatte, mußte sie eine zweite Frau ermorden, um den Verdacht wieder von ihm abzulenken. Da fiel ihr die arme alte Frau Sieg ein mit ihrer Puppensammlung. Sie fingierte einen Anruf von ihr beim ›Radio-Basar‹ und erwürgte sie. Die spurloseste und leiseste Art zu töten, die es gibt. Auf diese Weise entlastete sie ihren Bruder, der für diese Zeit garantiert irgendein todsicheres Alibi hat ...«

»Er war bestimmt auf einer juristischen Tagung.«

»Beispielsweise. Und sie kreierte den großen, unbekannten Puppenmörder. Eine Weile sind wir sogar darauf hereingefallen. Aber nicht lange.«

»Und was willst du jetzt machen?«

Marie Maas holte eine Schachtel Wunderkerzen und Streichhölzer aus ihrer Nachttischschublade.

»Silvester feiern. Oder bist du schon müde?«

23

Am zweiten Januar reiste Tomkin wieder ab.

Als Marie Maas vom Flughafen aus ins Büro fuhr, stand eine dicke, dunkelhaarige Frau vor ihrer Tür und preßte verlegen eine Einkaufstasche vor ihren Bauch.

»Frau Mucic, nicht wahr? Aus der Bäckerei Neumann!«

Emina Mucic nickte.

»Es tut mir leid, daß ich jetzt erst komme, aber über die Feiertage kam ich einfach zu Hause nicht weg. Im Laden war auch so viel Arbeit …«

»Gut, daß Sie jetzt gekommen sind. Wir müssen Ihre Aussagen zu Protokoll nehmen. Die Schneiderpuppe haben wir allerdings immer noch nicht gefunden.«

»Darum bin ich ja hier«, meinte Emina Mucic. »Ich muß Ihnen nämlich etwas sagen. Aber Sie müssen mir glauben, in der Puppe war wirklich kein Geld, ich schwöre es.«

»Nun mal langsam, Frau Mucic. Wollen Sie damit sagen, daß Sie die Schneiderpuppe von Leila Rolf haben?«

»Aber ja doch. Frau Rolf hat sie mir mitgegeben für meine Mutter, als ich vor Weihnachten nach Bosnien fuhr. Sie hat sie mir geschenkt. Ich hätte es Ihnen auch damals schon erzählt, aber als Sie sagten, daß in der Puppe Geld versteckt war, hatte ich Angst, daß Sie das Geld von mir fordern würden. Es war aber gar kein Geld

in der Puppe, kein Pfennig. Wir haben wohl eine Tasche in der Puppe gefunden, aber sie war leer, ich schwöre es. Mein Sohn sagt, ich muß Ihnen das erzählen, sonst werden wir eines Tages furchtbar viel Ärger bekommen. Ich habe die ganzen Nächte nicht geschlafen, seitdem Sie bei uns im Laden waren. Mein Gott, Jesus Christus, bin ich froh, daß ich es nun gesagt habe.«
Marie Maas starrte einen Augenblick lang auf ihre Fingernägel, dann griff sie zum Telefon.

Ein paar Tage später konnte man im »Hamburger Abendblatt« lesen, daß einer von Hamburgs obersten Richtern, Dr. Thomas Rolf, vorzeitig in den Ruhestand getreten war. Seine Schwester Katja Rolf wurde dringend verdächtigt, die Exfrau des Richters sowie eine alte Dame in der Schlüterstraße umgebracht zu haben. Als man sie verhaften wollte, hatte sie fliehen können und war seitdem spurlos verschwunden.

Kurz vor Ostern kam dieselbe Zeitung mit der Schlagzeile heraus: *Hamburger Exrichter und seine Schwester an der spanischen Costa Brava bei einem Autounfall tödlich verunglückt. Selbstmord oder Selbstjustiz?* Es folgte eine detaillierte Darstellung der beiden Puppenmorde und des Unfalls auf einer schmalen Uferstraße an der Steilküste kurz hinter Gerona.
Von Wilfried Tenzer hat man nie wieder etwas gehört.

Eiskalt und bittersüß

(67123)

(67122)

(67116)

(67126)

(67112)

(67119)

Gesamtverzeichnis
bei Knaur, 81664 München

Knaur

Hochspannung

(67110)

(67115)

(67117)

(67113)

(67129)

(67124)

Gesamtverzeichnis
bei Knaur, 81664 München

Knaur